KB185293

글쓰기의
즐거움

글쓰기의
즐거움

2024년 12월 10일 초판 1쇄 인쇄
2024년 12월 17일 초판 1쇄 발행

지은이   권지영
펴낸이   조시현
기 획   정희용

펴낸곳   도서출판 바틀비
주 소   서울시 마포구 동교로8안길 14, 미도맨션 4동 301호
전 화   02-335-5306
팩시밀리   02-3142-2559
출판등록   제2021-000312호

홈페이지   www.bartleby.kr
인스타   @withbartleby
페이스북   www.facebook.com/withbartleby
블로그   blog.naver.com/bartleby_book
이메일   bartleby_book@naver.com

ⓒ 권지영, 2024
ISBN 979-11-91959-37-6 03800

스마트폰 시대의
글쓰기 시리즈

글쓰기의
즐거움

권지영 지음

첫 줄을 시작할
용기를 주는
63가지
글쓰기 경험

바틀비

막연함에서 즐거움으로

언제부턴가 쓰려는 사람이 부쩍 많아졌다. 글을 쓰기 위해, 책을 쓰기 위해, 무언가를 쓰기 위해서 시간을 들이고 마음을 모은다. 쓰는 일을 생활에 들인다.

'쓴다'는 것은 생각을 정리하는 일이다. 나의 생각이든 남의 생각이든 쓰는 일은 정리에 탁월하다. SNS 시대에 쓰는 일은 내보이는 일과 함께한다. SNS는 자신의 생각을 내보이는 손쉬운 수단이다. 쉽고 빠른 만큼 주의를 요하기도 한다. 짧은 글이든 긴 글이든, 사진이든 영상이든 그 모든 것들은 나의 사고방식의 표현이기 때문이다.

이 책은 글을 쓰고 싶지만 엄두가 나지 않는 분들, 쓰기를 시작하려 하지만 막연한 분들을 위한 '쓰기'에 대한 이야기다. 당신이 글을 썼으면 좋겠다는 말을 여러 이야기로 해놓았지만 결국 쓰면 좋다는 것을 말하고 있다.

우리는 왜 쓰는지, 쓰기에 대한 생각들을 하나씩 나열했으며 다양한 사람들이 쓰는 일을 어떻게 생각하는지, 어떻게 시작했는지, 어떻게 하면 좋은지 등 쓰기에 대한 마음과 방법을 들려주기도 한다.

쓴다고 해서 손해 볼 일은 없다. 자신의 선택에 의해 이루어지는 일이기에 쓰고 싶을 때 쓰면 된다. 그렇다면 쓴다고 달라지는 것도 없을까.

나는 틈날 때 쓰는 것이 취미였다. 힘들게 쓰지 않았다. 책 읽다 떠오른 생각이나 좋은 문장 따위를 옮겨 쓰고, 일기를 에피소드 위주로 연습장에 쓰고, 쓰고 싶을 때 썼다. 시간이 쓰기와 함께 흘렀다. 돌아보니 쓰는 일은 내 삶의 기둥처럼 나를 잡아주었다. 이 사실을 알게 된 건 쓰기의 시간이 응축된 후였다.

그동안 책 읽기와 더불어 글쓰기로 많은 사람들을 만나왔다. 책을 많이 읽는다고 글을 잘 쓰는 건 아니다. 글을 잘 쓴다거나 글을 쓴다고 꼭 훌륭한 것도 아닐 것이다. 하지만 글을 씀으로 인해 달라진 사람들이 있다. 독서가 가져다주는 좋은 점이 있듯이 글쓰기가 자신에게 닿는 이점도 분명하다. 쓴다는 건 삶의 태도와 가깝다. 쓰는 일은 생활 속에서 이루어진다.

자신을 표현하는 글쓰기로 모든 것에서 한층 더 나아지며 또 다른 '나'를 만나보길 바란다. 비로소 자신을 찾고 '나답게' 사는 일, 서서히 쓰기의 시간과 함께 충만해지는 삶이길 응원한다.

2024년 겨울
권지영

차 례

들어가며: 막연함에서 즐거움으로 —— 5

1장
글쓰는 사람들   15

지금 내 앞의 시련 —— 17

나에게 들려주고 싶은 이야기 —— 20

자신을 마주하는 용기 —— 24

피로회복제 한 병 —— 28

열 살 인생의 시 —— 31

쓰는 즐거움 찾기 —— 34

남기고 싶은 말이 있습니까? —— 38

나를 찾아 떠나는 여행 —— 42

그리운 것들은 왜 멀리 있는가 —— 45

엄마 눈 속에 내가 있어요 —— 48

날이 매섭게 차야 무가 영글듯 —— 51

기억하기 위해 기록하고 저장하고 —— 55

삶의 가치를 발견하는 일 —— 59

일상에 대한 감사 —— 62

누군가에게는 자전거 타기가 기적 —— 65

황혼의 글쓰기 —— 69

노력은 배신하지 않는다 —— 72

자유로워지는 시간 —— 76

애정의 시간 —— 78

나의 슬픔에게 안녕을 —— 81

첫 줄을 기다리는 이 —— 84

말 대신 쓰기 —— 87

쉽게 만나는 온라인 일상 —— 90

2장
무엇을 쓸 수 있을까 93

가장 먼저 떠오르는 것에서 출발 ── 95

익숙한 것의 새로운 발견 ── 99

인싸가 되고 싶습니다만 ── 103

좋아하는 것들에 대하여 쓴다 ── 106

경험은 가장 좋은 재료 ── 111

좋아하는 것을 더 구체적으로 ── 115

꾸준히 하는 일 ── 119

행복에 대한 행복한 글쓰기 ── 122

좋아하는 노랫말 쓰기 ── 126

불편하거나 싫어하는 일을 쓴다 ── 129

마음에 스민 문장 ── 132

머무른 곳, 가고 싶은 곳 ── 135

나를 나타내는 말들 ── 139

문득 찾아든 영감을 쓴다 ── 143

어린 나에게 보내는 편지 ── 148

오래된 곳, 인상적인 장소 ── 151

찾고 또 찾아 ── 154

장르별 쓰기 노트 ── 157

3장
어떻게 시작하지? 161

사진에 짧은 글을 써본다 —— 163

따라 쓰며 성장하는 사람들 —— 166

말의 의미 —— 169

나는 바쁘지 않다 —— 175

마음을 전하는 편지 —— 179

아는 것들에서 미지의 세계로 —— 183

매일 일기 한 줄의 힘 —— 186

함께하는 글쓰기 —— 189

쓰기 전에 먼저 말해 본다 —— 193

소리 내어 읽기 —— 196

메모지로 습관들이기 —— 200

질보다 양을 먼저 —— 203

주말 백일장 여행 —— 206

목표를 정하고 쓴다 —— 209

딴짓하다 다시 쓰기 —— 212

반복의 힘 —— 215

보이지 않는 것을 상상하세요 —— 218

달팽이의 마음으로 —— 222

단어 부자가 되자 —— 225

시처럼 쓰기 —— 229

그림으로 이야기 짓기 —— 233

처음의 마음으로 이어달리기 —— 236

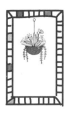

"우리는 모두 이야기를 품고 있습니다.

당신이 쓰는 즐거움을 느꼈으면 좋겠습니다."

1장

글쓰는
사람들

지금 내 앞의 시련

"인류에 대하여 쓰지 말고
한 인간에 대하여 써라."
– 제임스 패터슨

왜 글쓰기를 하느냐고 묻는 사람에게 들려주고픈 인상적인 사례가 있다. 글쓰기 시간 첫날, 수강하는 분들 중 고2 아들의 반란으로 매우 힘들어하는 어머니를 만났다. 아들과 사사건건 충돌이 어찌나 잦은지 일상생활이 버거울 정도라 했다. 집안은 엉망이 되고 멘탈마저 무너져 정신을 바로잡으려 애쓰는 중이라면서 어머니는 한숨을 내쉬었다. 표정이 너무 어두워 다음 시간에 오실 수 있을지 걱정스러울 정도였다. 우려와는 달리 2주 만에 다시 만난 그 어머니는 얼굴이 그새 확연히 달라져 있었다. 돌아가며 써온 글을 읽는 시간에도 안정

되고 밝아 보였다. 그분의 글 낭독을 들으니 표정이 달라진 이유를 짐작할 수 있었다.

"호사를 누렸다. 사춘기 막둥이의 반란으로 인해 지쳐버린 몸과 맘이 따듯한 차 한 잔과 시집을 앞에 두고 평안을 맞이한다. 거센 폭풍으로 지금은 엄마를 치고 있지만 그 비바람으로 인해 다시 씻김을 얻었기에 고맙다."

머리도 복잡한데 무슨 글이냐 싶겠지만, 힘든 시간의 한복판을 통과할 때 노트에 또박또박 마음 상태를 기록하다 보면 의외의 평안과 고요가 찾아온다. 나도 이 어머니와 비슷한 경험이 있다. 아이가 사춘기를 거치며 예민함이 하늘을 찌르던 시기가 짧지 않았다. 벽을 보고 이야기를 하는 것처럼 대화는 튕겨졌고 의도와는 다르게 말과 감정이 오갔다. 매일 한순간에 폭탄이 터졌다. 도저히 대화가 안 되고 답답할 때, 내 마음과 달리 계속 실타래가 엉킬 때 조용히 그 상황과 속마음을 하나씩 적었다. 신기하게도 말로 급하게 쏟아낼 때는 내 입장만 앞서던 것이 글로 쓰다 보면 아이의 마음이 이해가 되었고 내가 한 말을 되짚어 볼 수 있었다.

우리는 살면서 얼마나 많은 시련을 마주하게 될까. 정답이 있거나 기댈 수 있는 무언가가 있다면 좀 나을 텐데 그저 묵묵히 버티며 지나야 할 때도 많다. 때론 누군가의 따듯한 말 한마디로 위로를 받을 수도 있고, 혼자 사색할 수 있는 시간과 쓰기나 읽기, 차 한 잔 등 소박하고 작은 일상의 질료들이 마음의 안정을 가져다주기도 한다. 어지러운 마음에 대해 낙서처럼 끼적거리는 일이 별 거 아닌 듯해도 스스로에게 큰 위안을 준다.

　글쓰기에 친숙한 사람들 가운데는 힘들 때 글을 쓰며 위안을 받은 이들이 많다. 시련이 닥쳐 버티기 힘들 때 힘든 마음을 글로 쓰는 것은 파도가 몰아치는 시간을 견디는 꽤 괜찮은 방법이다. 나를 힘들게 하는 것에 대하여 쓰고, 풀리지 않는 의문에 대하여 쓰고, 때로는 아무 의욕이 없다고도 써본다. 거센 시련이 몰아칠수록 우리에게는 고요함이 필요하고 글쓰기는 안정과 고요함을 가져다주는 아주 효율적인 수단이기도 하다.

 글쓰기는 힘들 때 마음을 털어놓는 공간입니다.

나에게 들려주고 싶은 이야기

"결국 글쓰는 일의 핵심은 당신의 글을 읽는
이들의 삶과 당신 자신의 삶을 풍성하게 만드는 것이다.
자극하고 발전시키고 극복하게 만드는 것,
행복해지는 것, 그것이 궁극적인 목적이다."

– 벤자민 프랭클린

누군가 내게 작가나 시인이라고 하면 그 말을 듣기가 참
으로 어색하다. 과분한 호칭 같아서다. 책을 여러 권 냈지만
작가나 시인이라는 말보다는 굳이 붙이자면 '문학하고자 하
는 사람'이 그나마 어울리는 것 같다. 늘 문학의 곁에서 문학
을 지향하는 사람이니까.

책이 한두 권 나오면서 작가나 시인이라고 불리기 전에
도 나는 직장에서 종종 시인이라고 불렸었다. 회사 게시판에
쓰는 글이나 업무일지를 보고 동료들이 칭찬 반 장난 반으로
그리 불렀다. 어쩌면 나는 글을 따로 쓰진 않았지만 쓰기를

좋아하며 갈망하고 있었는지도 모르겠다.

　일을 하며 책을 좋아하거나 책과 가까워지려는 사람들을 만났다. 책은 사람들을 만나는 데 아주 훌륭한 소통 창구가 되었다. 매일 내가 다루는 책들은 도서관 사서보다 훨씬 많은 양이었는데 자동차 안에도 책이 꽉 차 있었고 사무실과 집에도 일을 위해 항상 책이 회전되며 주요공간을 점유했다. 취미로만 책의 곁에 있었다면 많은 책을 접하지 못했을 텐데 책을 통해 아이부터 어른까지 많은 사람을 만났다. 좋아하는 책들을 다루는 데다 사람 만나는 일도 적성에 맞아서 체력적으로, 정신적으로 힘들어도 매일 일, 일, 일의 연속이었다.

　책으로 많은 사람들을 만나면서 참 다양한 사람들을 겪었다. 책으로 하는 일도 사람을 겪는 일도 다 공부가 되었다. 정말 세상엔 다양한 사람들이 많고 쉽게 볼 수 있는 일은 하나도 없었다. 책을 다루며 사람들을 만난 시간이 축적이 되고 일을 그만두고 정리했을 때 이제 직장생활을 안 한다는 게 믿기지가 않았다. 막상 쓰는 생활자로 접어들었을 때는 막연함이 있었지만 그런 막연함과 모르는 것들로 가득한 삶조차 나름대로 또 좋았다. 일에 대한 스트레스에서 해방되어 정신적으로 편안해지니 자연히 건강도 좋아졌다. 그땐 이렇게 여러 장르의 글을 쓰게 될 줄은 꿈에도 몰랐다. 이제와 생각해 보니 혼자서 물어볼 데도 없이 여기까지 온 것이 신기하기만 하다.

"나는 아이들이 어릴 때부터 항상 묻곤 했다. '우리 용훈이는 꿈이 뭐야?' '나중에 어떤 사람이 되고 싶어?' 그러던 어느 날 아이가 나에게 물었다. '엄마 꿈은 뭐예요?' 순간 머리가 띵~. 뭔가로 한 대 맞은 듯한 느낌이 들었다. 그러게, 나의 꿈은 뭘까? 항상 아이들에게만 물었지, 정작 나에게는 물어보지 않았던 그 물음.

나는 꿈이 뭘까? 엄마가 되고 나서는 아이들이 나의 꿈이었는데 이제 정말 나의 꿈은 뭘까? 나는 무엇을 이루고 싶은 걸까? 그래서 내 나이 39세에 마흔이 되기 전 진로코치를 신청했고 현재까지 교육재단에 소속되어 진로 코치 활동을 하고 있다. 나 역시 아이와 함께 새로 시작하게 되었고 내 꿈이 무엇인지 찾기 위해, 또 이루기 위해 공부하고 책을 가까이 하고 있다. 잊고 있었던 나의 꿈을 일깨워 준 우리 용훈아 고마워! 사랑해!"

쓰기 교실에 참여한 류용신 샘의 글이다. 좋아하는 것이 무엇인지 잊고 살다가 자기 인생을 찾기 시작한 분이다. 자신에게 질문을 던지고 그 질문에 어울리는 답을 찾는 과정에서 글쓰기도 시작했다.

　　가끔 글을 쓰고자 하는 분들과 책을 출간하고자 하는 분들, 분야별 글쓰기 등에 대해 물어오는 분들에게 이런저런 이야기를 전할 때가 있다. 내가 엉금엉금 돌아왔던 시간보다는 더 빨리 다다를 수 있는 방법도 알려드린다. 그러나 대체로는 뭔가 쓰며 지냈기에 그나마 지금까지 헛되지 않게 잘 살아온 것 같다는 이야기를 들려준다. 누군가의 질문에 대한 답이지만 결국 나 자신에게 해주고 싶은 이야기인지도 모른다.

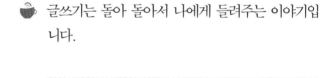 글쓰기는 돌아 돌아서 나에게 들려주는 이야기입니다.

자신을 마주하는 용기

"자기 자신에 대한 사실을 말하지 않는 사람은
다른 사람에 관한 사실도 말할 수 없다."

– 버지니아 울프

글쓰기에는 용기가 필요하다. 나를 드러내는 용기, 쓰기를 시작할 용기, 누군가에게 쓴 글을 보여줄 용기, 실망스런 말을 듣더라도 좌절하지 않고 다시 쓸 용기가 필요하다. 이렇게 쓰고 보니 글을 쓴다는 행위가 엄청난 일처럼 여겨진다. 하지만 이 말들은 모두 '그냥 하면 된다'로 해답을 얻을 수 있다.

"글쓰기 수업은 누구나 관심은 있지만, 아무나 허락되지는 않는다. 글쓰기의 최우선은 꾸준함과 성실함이다. 글을 써 내려가는 과정은 힘들다. 이렇게 쓰는 게 맞을까? 이게 의미가 있는 걸까? 정답에 익숙한 우리는 글을 쓰면서도 이 글이 맞을지 틀릴지 걱정하며 본인이 쓴 글을 검열한다. 더구나 그 글이 어딘가에 발표된다면 난 솔직하게 내 얘기를 쓸 수가 없다. 용기가 필요하다. 누군가의 말처럼 이 글들이 나의 약점이 되진 않을지 방어를 하게 된다. 그래서 난 글을 못 쓴다. 고로 난 용기가 없다.

도서관 강좌에 오신 분들이 쓴 자기 자신, 가족, 활동, 직업, 인생 이야기들은 나에게 많은 끄덕임을 주었다. 글을 쓴다는 건 역시나 위대하다. 그만큼 많이 읽고 많이 쓰고 많이 생각했다는 증거니깐. 이렇게 용기 있는 분들이 되기까지 그동안의 시간들이 고스란히 전해졌다. 자신의 이야기를 써나가는 동안 얼마나 행복했을지 모든 글에서 느껴졌다."

　도서관 사서 김정미 선생님의 글이다. 일상 기록으로 글쓰기를 한 시민들의 글을 모아 책을 만들기로 했다. 김 선생님은 내가 진행한 글쓰기 수업에 꾸준히 참여했을 뿐만 아니라 책자 편집 작업도 흔쾌히 맡아주었다. 도서관에서 일한다고 글쓰기가 쉽지만은 않다. 책에 수록할 글을 부탁받고 처음에는 상당히 망설였지만 결국 이렇게 솔직한 속내를 담은 글을 보내왔다.

글을 쓰기 위해서는 조금은 담담한 마음이 필요하다. 나의 이야기를 먼 산 보듯 아무렇지 않게 말할 줄 알아야 한다. 담담한 마음으로 남의 일처럼 내 이야기를 하다 보면 시선이 객관화된다. 담담한 마음으로 쓴 글은 대체로 매끄럽고 솔직하다. 좋은 글이 하루아침에 뚝딱 나오기는 쉽지 않으니 겪었던 일들을 하나씩 꺼내본다. 자신을 꺼내는 훈련이다. 글쓰기를 전혀 해보지 않아 뭘 어떻게 쓸지 전혀 몰랐던 오혜영 샘은 글쓰기 모임 몇 달 만에 쓰기 경험을 이렇게 말했다.

"에세이 쓰기를 시작했다. 글쓰기가 처음이라 걱정이 많았다. 예전의 나라면 도망쳤을지도 모르겠다. 걱정과 두려움으로 멈칫하다가 용기라는 힘을 앞세웠다. 오늘의 기회가, 오늘의 시작이, 내일의 나를 변화시켰다. 나는 성장하기 시작했다. 나의 용기는 글로 풍요로워지는 노트 한 권을 가득 채웠다. 나의 변화와 성장을 많은 이들에게 알리며 나누고 싶다.
나에게 선물할 수 있는 기회를 주셔서 감사합니다. 용기를 내줘서 고맙습니다. 용기는 당신에게 또 다른 기회를 선물합니다. 당신에게도 그 용기가 함께하기를 바랍니다, 라고 전하고 싶다."

하나의 이야기, 한편의 글. 모두 나를 꺼내는 시간이다. 오혜영 샘의 고백처럼, 처음에는 약간의 용기가 필요하지만, 이는 결국 자신을 잘 이해하고 사랑하며 다른 이의 삶도 애정을 가지고 바라보는 과정이다. 글쓰기는 자신을 꺼내기 위한 시간이며 조금씩 알을 깨트리며 세상에 나오게 되는 시간이기도 하다. 내게도 글쓰기는 세상을 향해 새로 태어나는 과정이었다.

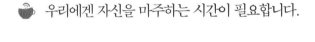 우리에겐 자신을 마주하는 시간이 필요합니다.

피로회복제 한 병

> "기록해 둔다. 이것이 해결법이다.
> 어딘가에 써두었다,
> 라고 생각하면 그것만으로도 안심이 된다."
>
> – 도야마 시게히코

이사를 하자 딸의 살림이 궁금했던지 엄마가 오셔서 며칠 머물다 가셨다. 엄마가 울산 집으로 돌아가신 뒤 화장대에 놓인 박카스 상자와 우루사를 발견했다. 박카스 상자 위에 붙은 메모지엔 딱 한 문장이 쓰여 있었다.

– 피곤할 때 한 알 같이 꺼내먹어라.

엄마는 내게 택배를 보낼 때도 쪽지를 쓰곤 했다. 잘 먹고 잘 살라는 내용을 작은 메모지에 적어 농작물과 고추장, 된장 따위가 담긴 택배 상자 안에 넣어두신다. 시간이 갈수록 택배 상자 안의 품목들은 더욱 짠해졌다. 내가 쓴 글을 책에서 읽은 탓인지 내게 글감이라도 하나 더 주려고 사놓은 당근도 보내고 좋아하시는 포도도 보내시는 것 같다. 내 책에서 당신의 이야기를 귀신같이 잘도 찾아내는 분이기도 하다.

엄마가 남기고 간 박카스와 우루사는 그냥 피로회복제가 아니고 딸을 생각하는 엄마의 마음이다. 부모님 뵈러 가려 하면 피곤한데 뭐 하러 오냐며, 오지마란 말씀도 사랑이다. 택배 상자 한 귀퉁이에 숨겨두듯 써놓은 작은 메모지 한 장도 말을 대신한 사랑이다. 짧은 메모 한 장에 울컥하게 된다. 거기에 사랑이 있기 때문이다.

나는 그 메시지를 오래도록 보았다. 먹먹한 감정이 한참 지속되었다. 엄마는 가까이 사는 언니나 오빠에게 비하면 내게는 거의 잔소리를 안 한다. 엄마에게 난 그저 늘 멀리 있어 안쓰러운 막내딸일 뿐이다. 어릴 때는 큰 집, 작은 집, 외갓집 등 여기저기 맡겨져 안쓰러웠는데 다 커서도 멀리 떨어져 사니 또 늘 안쓰러운 것이다.

엄마의 메모 한 줄은 박카스, 우루사보다 막강한 피로회복제였다. 울컥한 마음을 기록하기 위해 처음 화장대에서 발견한 모습 그대로 사진을 찍고 간단한 글을 써서 SNS에 올렸다. 엄마 이야기는 언제나 많은 사람들의 호응을 이끄는 글감이기에 '좋아요'가 우수수 쏟아졌다.

사랑의 처방

피곤할 때 한 알 같이 먹으라는
엄마가 남기고 간 처방
아끼고 아끼다
버티고 버티다
겨우 꺼내먹는 사랑 한 알

엄마의 쪽지는 하고픈 말이 간결하게 담긴 글쓰기다. 내가 엄마의 메모를 보고 쓴 짧은 시도 글쓰기이다. 이렇게 누구나 가능한 일이 글쓰기의 시작이기도 하다. 마음을 전하는 일, 그 마음을 기억하는 일이 모두 글로 이루어진다. 이렇게 남겨진 글은 인생의 근사한 텍스트가 된다.

☕ 마음을 전하는 한 줄을 써보세요.

_____

_____

열 살 인생의 시

> "글을 쓰면 천국으로 가거나,
> 가고 싶은 곳 어디든 갈 수 있다."
> — 조앤 디디온

고양시에서 어린이 대상 글짓기 특강이 열렸다. 일찌감치 도착해 코트를 벗어 두고 준비를 하고 있는데 한 아이가 강의실로 들어왔다. 아이는 동시집과 공책을 가슴에 꼭 끌어안고 다가와 내게 내밀었다. 동시집에 사인을 해주고 서준수라는 이름이 써진 공책을 펼쳐보니 글이 빽빽하게 들어찼다. 3학년인 준수는 매일 일기를 시로 써놓았다. 하루 중 있었던 일, 하나의 이야기나 생각을 간결하면서 세세하게 적어놓았는데 특히 '시'에 대한 정의에 놀랐다.

시 - 서준수

시란 우리한테는
모든 것이야.
행복할 수도
슬플 수도
화날 수도 있고
다 달라.

시는 우리 작은 눈과
코 입 손 발 몸
모든 걸로 쓸 수 있어.

시란 우리한테는
모든 것이지.
시는 다른 사람한테는 몰라도
나의 눈이나
모든 것이야.

눈이 초롱초롱한 준수는 나를 만나기 위해 '기다려왔다'

고 했다. 이제 겨우 열 살인 아이의 말에 내 마음이 환해졌다. 아이는 작가가 되는 게 꿈이라서 여러 책을 많이 읽고 시 외에도 다양한 글을 쓴다고 했다. 좋아서 하는 일이어서 준수가 행복해 보였다.

준수의 어머니와 준수에게 양해를 얻어 동시 공책을 집으로 가져와 찬찬히 들여다봤다. 공책에서 읽은 시들에서 준수가 얼마나 시를 사랑하는지, 자신과 가족을 얼마나 소중히 여기는지 느껴져 감동이었다. 그 마음이 너무 예뻐서 꼭 꿈을 이뤄 많은 사람들에게 사랑받는 작가로 성장하기를 기도했다.

쓴 글을 남에게 보여주는 건 쉬운 일이 아니다. 혼자만의 생각과 느낌이 어떻게 전달될지 모르고 비밀스런 이야기를 들키는 기분이 들기도 한다. 하지만 좋아서 쓴 글을 좋아하는 사람에게 보여주는 일은 쓴 사람에게도 기쁨이다. 좋아서 하는 일은 생명력이 있다. 다른 일보다 더 즐겁게 할 수 있고 오래 가면서 나를 더 생기 있게 한다.

 좋아서 하는 일에는 진심이 담깁니다.

쓰는 즐거움 찾기

"쉬지 않고 글을 써야만 마음의 문을 열 수 있고,
자기를 발견할 수 있다."

— 위화

글은 잘 쓰든 못쓰든 혼자서 해야 하는 일이다. 쓰기 좋은 시간에, 쓰기 좋은 장소에서 글을 쓰다 보면 자신을 조절할 수 있는 여유가 생긴다. 사색에 잠길 수 있는 자세가 잡힌다면 많이는 못 쓰더라도 일정량을 쓸 수 있다. 하지만 누구나 여건이 된다고 술술 글이 써지는 건 아니다. 하고픈 말이 많아도 막상 쓰려고 하면 어떻게 시작해야 할지 막막하다.

내가 쓰기의 즐거움을 가장 크게 느낀 때는 동화를 쓸 때였다. 오랫동안 시를 썼지만 시는 짧은 한 편을 쓰든, 잘 써지든 그렇지 않든 '즐겁다'라는 감정이 드는 건 아니다. 언젠가

북토크 자리에서 누군가 물었다. 시를 사랑하냐고. 질문 자체가 당황스러웠다. 내게 시는 생활이었다. 좋아하거나 사랑하는 것과는 다른 성질을 지닌다. 그저 삶의 동반자일 뿐이다. 농부에게 농사가 생활이듯이. 그런데 동화나 소설을 써보니 이야기를 이어가며 짓는 게 시와 달리 재미있었다. 나는 이야기를 좋아하는 사람이었다. 오래전부터 이야기 듣는 걸 좋아했고 궁금해 했고 되는 대로 짓곤 했다. 그래서인지 첫 동화를 쓰면서 '쓰는 것이 재밌고 즐겁다'라는 생각이 자연스럽게 들었다.

사람마다 좋아하는 장르가 달라서 읽는 책도 각양각색이다. 책을 읽을 때 재미있다고 느끼면 끝까지 보고 같은 장르위주로 또 다른 책을 찾게 되듯 글을 쓸 때도 즐거움을 느끼는 장르가 있다. 내가 만족한다고 해서 모든 글이 좋은 글이거나 잘 쓴 글이 될 수는 없겠지만 쓰는 동안 행복하다면 삶의 즐거운 일이 하나 더 생긴 것이니 좋은 일이다.

편하게 쓸 수 있거나, 다음의 쓰기 시간이 기다려지거나, 끝마칠 때까지 의자에 엉덩이 붙이고 앉아 있는 시간이 괴롭지 않다면 쓰기의 즐거움에 가까이 다가간 사람이다. 쓰는 것으로 나를 자유롭게 하고 즐거운 시간을 충족시키면 짧은 시간에도 삶을 리부팅하는 기분이 든다. 얼른 써야지, 하는 마음이 들면서 책상 앞으로 가게 된다.

"처음에 글을 써야겠다고 생각한 것은 마음속에 쌓아 둔 불만을 풀고 싶어서였다. 책의 홍수라 해도 틀린 말이 아닌 시대라서 책을 내기 위함이나 다른 생각 같은 건 하지 않았다. 물론 남보다 글을 잘 쓸 자신도 없었다. 그런데 글쓰기 강좌를 신청하고 차츰차츰 쓰는 시간을 주기적으로 가지며 계속 쓰다 보니 재미가 붙었다. 내 생활을 글로 남긴다는 게 무엇보다 의미가 있었다.

안 쓰던 글을 몇 달째 써보니 오늘은 목표도 하나 정했다. 주로 가족 이야기와 내 취미를 쓰던 일기였는데 이제는 요즘 부쩍 남편과 자주 다니는 여행에 대해 써보기로 했다. 글로 남기면서 무의미하게 넘기지 않으려고 한다. 여행지에 가면 기본 일주일은 체류를 하는데 절반은 남편 때문에 야외에서 보내고 절반은 숙소를 잡는다. 야영을 할 때는 불편한 게 한둘이 아니다. 씻는 것과 자는 게 가장 불편하고 날이 더울 때, 추울 때는 특히 힘들다. 여행에 대한 글을 쓰려고 하니 벌써부터 설렌다. 여행지에서 있었던 여러 일들을 쓰고 혹시라도 누군가 내 글을 읽고 살아갈 힘을 얻는다면 그것도 좋겠다.

일단 1년 6개월을 한번 쭉 써보려고 한다. 정확한 기간을 정한 것은 마음을 모으기 위해서다. 그 이후에는 또 다른 내가 되어 있겠지."

글쓰기를 자주 했더니 삶이 재미있어지고 목표가 생겼다는 윤영순 샘의 글이다. 습관이 되면 일상을 기록하는 행위 자체만으로도 기쁨을 느낀다. 처음 글쓰기를 시작하는 사람이라면, 어떤 장르나 형식의 글이 자신에게 가장 즐겁고 기쁨이 느껴지는지 잘 찾아보기를 권한다. 재미가 붙으면 곁에서 누가 말려도 계속 쓰게 되기 때문이다.

 쓰기에 재미가 붙으면 삶에 활력이 생깁니다.

남기고 싶은 말이 있습니까?

> **"당신만이 할 수 있는 이야기를 써라."**
>
> – 닐 게이먼

한 초등학교에 아이들을 만나러 간 날, 3학년 아이가 대뜸 "작가님은 언제까지 작가하실 거예요?"라고 물었다. 언제까지 글을 쓸 건지 궁금했던 모양이다. 열심히는 아니더라도 죽기 전까지는 천천히, 꾸준하게 쓰고 있을 거라고 답했다. 다른 일을 해도 언제나 글쓰기를 놓지는 않을 것 같다. 어쩌면 앞으로 차차 더 제대로 된 글을 쓸 수 있을지도 모른다. 무슨 일이 생길지는 모르나 번잡스런 일들에서 좀 벗어나 내게 더 집중할 수 있을 것이고 쓰고픈 글에 대해 더 깊이 있는 글을 쓰게 될 것 같다. 시간이 지날수록 좀더 삶을 이해한 좋은 글을 쓸 수 있지 않을까 싶다. 오래오래 살아서 그런 날이 오면 좋겠다.

　프랑스의 유명한 잡지 '엘르'의 편집장이었던 장 도미니크 보비는 운전 중 갑자기 뇌출혈로 쓰러져 온몸이 마비된다. 움직임이 가능한 건 왼쪽 눈꺼풀뿐이었다. 그 어떤 것도 할 수 없는 상황에서 한 쪽 눈꺼풀만을 수도 없이 깜빡거려 받아 적게 해서 회고록을 쓴다. 그는 꽉 낀 것처럼 꼼짝없이 갇힌 몸이 된 자신의 현재를 이야기하며 지난날을 떠올린다. 움직일 수 없어 아무것도 할 수 없다는 생각보다 기억과 상상력을 동원해 최선의 글을 썼다. 그 글은 책으로 출간이 되었고 <잠수종과 나비>라는 영화로도 만들어졌다.

　만약에 내가 장 도미니크 보비처럼 정말로 눈만 끔뻑일 수 있는 상황이라면 과연 나는 무엇을 하려 할까. 생각만 해도 막막하고 먹먹해진다. 아마도 정신적 충격으로 멍한 상태가 이어지거나 비관적인 생각들로 우울증에 걸려 글을 쓴다는 생각조차 못 할 것 같다.

　누군가는 쉽게 글을 쓰는 것처럼 보일지 모르지만 사실 글쓰기는 고행이다. 제대로 된 글을 쓰기 위해서는 앉아서 보내는 시간이 길어지고 고도의 사고활동을 하니 심신이 피로하다. 그럼에도 우리는 왜 글을 쓰고자 하는 것일까.

한동안 자서전 쓰기처럼 유서 쓰기가 유행한 적이 있다. 몇 년에 한 번씩 주기적으로 유서를 쓰면서 삶을 되돌아보고 재정비하는 시간을 갖자는 취지일 것이다. 유서를 정기적으로 쓰는 사람들은 짐을 정리하듯 유서를 쓴다. 살아가는 일이 정리하는 일이라고 생각되면서 나도 언젠가부터 집안의 물건들을 정리하기 시작했고 끊임없이 비워내고 있다. 짐 줄이기뿐만 아니라 유서도 두세 번 써본 적이 있다. 지금은 어디에 있는지 모르지만 마음을 정리하기 위해 썼던 것 같다. 쓰기는 정리에 탁월하다. 쓰면서 마음뿐만 아니라 그동안의 삶을 돌아보는 계기가 되고 주변 사람들에게 남기고 싶은 말을 생각해보게 된다.

쫓기듯 빠듯하게 살다가 퇴직 후에야 비로소 여유 시간을 갖게 된 윤금순 샘이 글쓰기 교실에 참여했다. 적지 않은 나이이지만 이제야 뭔가를 배우려고 여기저기 다니기 시작했는데 젊은 사람들이 부러워한다고 했다. 얼마나 바쁘고 열심히 살아왔는지는 전혀 모르면서 하는 말이라며 이제는 그동안 못 해본 일을 많이 해보고 싶다고 했다. 윤금순 샘의 버킷리스트 중 하나가 글쓰기였다.

"내 인생 드라마의 주인공은 나일까? 돌이켜보니 주인공 역

할에 자신이 없어서 늘 곁에 있는 사람들 중 한 사람을 주인공으로 정했던 것 같다. 어릴 적엔 친한 친구로, 학창시절엔 좋아했던 선생님을, 결혼 후에는 남편, 그리고 아들이 주인공이었다. 지금은 예쁜 손녀가 내 인생 드라마의 주인공이다. 길을 걸을 때 예쁜 꽃들에게 시선을 빼앗기기도 하지만 시원한 그늘과 신선한 공기를 선사해 주며 한결같이 멋지게 서 있는 나무처럼 나도 나의 역할이 빛나도록 최선을 다하며 살아왔다. 내 자리에서. 이제는, 아니 이제라도 누군가의 배경이 아닌, 빛나는 주인공으로 살고 싶다. 더 늦기 전에."

우린 모두 이 세상에서 주인공이다. 누구나 오늘 하루도 빛나는 시간으로 채우기 위해 노력한다. 일상에서 얻은 깨달음이나 생각은 글로 정리가 되어 소중한 시간을 아름답게 간직하도록 해준다.

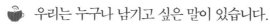 우리는 누구나 남기고 싶은 말이 있습니다.

나를 찾아 떠나는 여행

"훌륭하게 시작할 필요는 없다.
그러나 훌륭하기 위해서는 시작해야 한다."

– 지그 지글러

"오후 5시부터 밤 12시까지 계속된 우리들의 밤마실. 5년 만에 느껴보는 어둠 속의 자유로움. 그곳에 청춘이 있었고 여기에 삶이 있다. 맛있는 안주와 시끄러운 대화소리, 토닉워터에 담겨진 레몬조각. 웃고 떠들고 있는 나를 느껴본다. 허락된 자유 시간임에도 부자연스럽게 느껴지는 건 왜일까. 온전한 나를 찾기 위한 여정은 언제까지 계속되는 것인지, 진리가 너희를 자유케 하리라! 자유라고 느껴지지 않는 자유를 느끼고 싶다. 온전한 나를 느끼고 싶다. 날것의 나를."

도서관 글쓰기 강의에서 만난 나와 비슷한 또래 샘의 글이다. 오랜만에 친구들과 만남을 가진 모양이다. 오후부터 밤까지의 자유롭고 들뜬 마음이 고스란히 전해진다. 일찍 결혼해 오로지 가정과 아이들에게 헌신하는 생활을 하는 분이었는데 그래서일까, 자신의 모습을 찾고 싶어 글쓰기 시간에 오게 되었다. 나를 찾기 위한 시간을 갖는 데에는 글쓰기도 함께 따라간다. 내 속에 든 마음을 꺼내면서 자신을 찾아가는 여정이 시작된다. 글쓰기 시간이 이어지면서 아이들 이야기 위주에서 자신의 이야기들로 나아갔다. 어릴 때 살던 동네와 호기심 많고 꿈도 많았던 어린 시절의 모습이 나왔다. 바람대로 글을 쓰면서 잊고 있던 자신의 모습을 찾게 되었다.

"내가 살던 서산은 너른 들판이 많아서 언제나 내 마음속에는 초목들이 바람 부는 대로 움직이고 있다. 푸른 들판을 내달리며 자연 속에서 매일 신나게 놀던 나는 하천에서 물고기도 잡고 주말이면 바닷가에 가서 여름 내내 해수욕을 하며 지내기도 했다. 아버지의 책사랑으로 동화책도 틈틈이 읽었다. 아버지는 시내에 나가면 책을 한 권씩 사주시곤 하셨다. 동생들과 같이 쪼르르 앉아 깔깔대며 읽다가 책이 찢어진 적도 있다. 어린 시절을 생각하면 아직도 다 자란 내가 그곳에 있는 것 같다."

이분에게 글쓰기는 '정체성 찾기'의 시작이었다. 자신을 찾기 시작한 글을 쓰면서 잊고 있던 모습을 떠올릴 수 있었고 앞으로 더 자신다운 모습으로 살아갈 힘을 얻었다고 했다. 누구나 빠듯한 생활로 자신을 소홀히 하거나 자신이 원하는 것을 하지 못하고 살아가기도 한다. 다시 나로 살고 싶다는 바람을 가졌을 때 가장 먼저 떠올려 보는 것이 예전의 내 모습인 이유가 여기에 있다. 오래전의 '나'로 돌아갔다가 다시 앞으로 나아가는 '나'를 만나는 것이다.

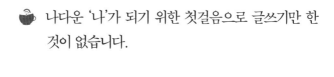 나다운 '나'가 되기 위한 첫걸음으로 글쓰기만 한 것이 없습니다.

그리운 것들은 왜 멀리 있는가

"가능한 한 자주 글을 써라.
그게 출판 될 거라는 생각이 아니라,
악기 연주를 배운다는 생각으로."
– J.B. 프리슬리

내 마음속에는 항상 그리움의 강물이 흘렀다. 지금은 당일치기로 장거리도 여행할 수 있는 시대지만 예전의 나는 강위로 배를 띄울 생각조차 못 하고 살았다. 그리움이 깊어져서인지, 끄적거리다 보면 항상 그리운 것들이 연습장에 글과 그림으로 옮겨졌다. 기억나는 것들을 쓰기도 하고 인상 깊게 본영화의 포스터를 따라 그리기도 하고 책을 여러 권 읽고 나서정리하듯 내용과 생각들을 요약해서 쓰기도 했다. 학교 다닐때 항상 멀리 떠나고 싶어 지도를 들여다보고 살았었는데 정작 고향과 멀리 떨어져 살아보니 그렇게도 멀어지고 싶었던 마음과는 달리 자꾸만 고향으로 가고 싶어졌다. 사람은 난 곳으로 돌아가고자 한다는 말을 이해했지만 한동안 그리움은 채워지지 않았다.

처음엔 그리운 친구, 보고 싶은 사람에 대해 쓰기 시작했다. 자꾸만 그리워하다 보니 걷잡을 수 없을 정도로 그리움이 커지고 이어졌다. 텅 빈 연습장에 그리운 것들을 채워나가다가 때마침 내 눈을 사로잡는 책이 있었다. 『왜 그리운 것은 늘 멀리 있는 걸까?』라는 제목이었다. 갱지 같은 종이에 까만 선으로 그린 그림과 짧은 일기가 담긴 두꺼운 책이다. 보는 순간 마음에 와닿았다. 내용이 잔잔하고 평범한 일상의 기록일 뿐인데 단번에 매료되었다. 그 책은 "살아가는 힘이 되어준 따뜻한 기억들, 일러스트 에세이 하루 한 장"이라는 부제를 달고 있었다. 그 책 덕분에 내 연습장도 꾸준히 오랫동안 채워져 나가는 힘을 얻었다.

시간이 흐르면서 연습장의 여백이 가득 채워지고 권수가 쌓였다. 쓰는 동안 나는 일상을 기록했고 일상의 기록은 일기만 있는 게 아니었다. 일상을 담은 에세이 안에는 시가 있고 영화가 있고 그림이 있고 음악이 있었다. 사랑과 삶이 고스란히 담겼다. 평소에 문학이 추구하는 모든 것은 사랑이며 사랑이어야 한다고 여겼는데 연습장에 일상을 기록하다 보니 사랑이 삶 자체였다. 사랑이 아니면 그 무엇도 아닌 삶.

　나는 사랑을 믿는다. 사랑으로 힘을 얻고 사랑의 힘 덕분에 오늘도 잘 살아가고 있다. 어린 날 함께했던 어르신들, 자상했던 친척들, 늘 그리워했던 엄마와 집, 친구들, 나를 둘러싼 모든 세계, 그 안에 사랑이 깃들어 있다. 그리움도 사랑이었고, 몰랐던 사랑도 사랑이었음을, 나를 지탱해 온 모든 것이었음을, 쓰면서 알게 되었다.

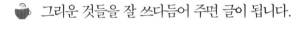 그리운 것들을 잘 쓰다듬어 주면 글이 됩니다.

엄마 눈 속에 내가 있어요

> "글쓰기는 안개가 자욱한 밤길을 운전하는 것과 같다.
> 전조등이 비치는 곳만 보이면 그렇게 끝까지 가야 한다."
> – E. L. 닥터로

우연히 기사에서 가수의 그림책 발간 소식을 접했다. 트롯의 여왕이라 불리는 장윤정이 아이와의 대화에서 얻은 팁으로 이야기를 엮은 것이었다. 언젠가부터 그녀의 자녀들이 방송에 나오면서 사람들의 관심과 사랑을 많이 받게 되었다. 특히 아들인 연우의 뛰어난 어휘력으로 사람들에게 육아법이나 공부법에 관한 질문을 많이 받았다고 한다.

하루는 그녀의 아들이 다가오더니 "엄마 눈 속에 내가 있어요."라고 말했다. 얼굴 가까이에서 엄마 눈에 비친 자기 모습을 보며 말한 것이다. 그러자 그녀는 "엄마가 너를 많이 사랑해서 담아두었어."라고 답한다. 아이는 이에 그치지 않고 만나는 사람마다 눈을 가까이서 들여다보고는 자신을 발견한다. 많은 사람으로부터 자신이 사랑받고 있다고 믿게 된 아이는 여동생에게도 이 사실을 알려준다. 그 모습을 지켜본 그녀는 핸드폰 메모장에 적어두었다. 이런 식으로 평상시 적어두었던 에피소드들을 정리하면서 원고가 만들어졌다.

아이를 키우다 보면 작은 덩치의 아이에게서 나오는 말에 감탄하고 놀라기 일쑤다. 나도 한때는 말이 많고 어휘력이 풍부한 아이의 기똥찬 말들에 대한 '어록'을 남기고 싶었다. 어쩌다 기록으로 남기긴 했으나 아주 미비한 정도라 아쉽기만 하다. 하지만 장윤정은 바쁜 와중에도 아이와의 소중한 시간에 대한 기록으로 짧은 메모를 남겼다. 짧은 메모가 결국 빛나는 작품으로 나오게 된 것이다. 그녀의 메모가 없었다면 빛나는 아이의 말도, 그 엄마의 말도 우리는 몰랐을 거고 사랑 가득한 엄마 마음을 담은 책이 세상에 나올 수 없었을 거다.

누구나 부모라면 아이가 사랑을 듬뿍 받으며 자라길 소망한다. 그녀 역시 '너는 사랑 받는 아이야. 그로 인해 더욱 행복해졌으면 좋겠어.'라고 마음먹었다. 아이를 향한 사랑과 행복을 많은 이들과 느끼며 함께 나누고자 책으로 만들게 되었다고 한다. 글쓰기 훈련을 받거나 지어낸 이야기가 아니다. 그 시작은 겪은 일의 아주 사소한 조각일 뿐이었다.

빛나는 작품도 짧은 메모가 시작이고 과정이었다. 어떻게 쓰는가, 라는 질문을 떠올릴 때 생각해 볼 수 있는 화두이기도 하다. 가족이나 직장, 친구와의 대화에서 얻은 빛나는 말들, 내 마음이 누군가의 한마디로 더욱 확장될 때, 또는 내 존재가 확연해질 때 의미 있는 말을 메모해놓는다. 눈을 가만히 들여다보는 것처럼 말에 담긴 의미를 곰곰이 생각해 볼 날이 또 찾아온다.

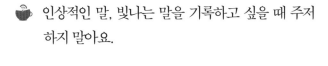 인상적인 말, 빛나는 말을 기록하고 싶을 때 주저하지 말아요.

날이 매섭게 차야 무가 영글듯

"인생이란 자신을 찾아가는 것이 아니라
스스로를 만들어 가는 것이다."
— 조지 버나드 쇼

어린이부터 노인에 이르기까지 글을 쓴다. 글로써 자신의 생각을 표현하고 느낌과 감성을 공유한다. 요즘은 누구나 스마트폰을 사용하면서 영상과 활자에 무한정 노출된 생활을 한다. 하루에 나누는 카톡, 문자, 메일, 보고서, 방송 자막까지 종일 우린 글과 마주한다. 이렇게 많은 글을 접하지만 정작 자신의 생각을 글로 쓰는 게 쉽지만은 않다.

지금 시대는 어린이 글쓰기, 청소년 글쓰기, 성인 글쓰기, 시니어 글쓰기 등 다양한 연령대로 글쓰기 프로그램이 있다. 누구나 글을 오랫동안 배워왔는데도 글쓰기 강좌가 많다. 그

만큼 글 쓰는 게 쉬운 일이 아니기 때문이다. 그런데도 배우고 싶어 하고 쓰고 싶어 한다.

장애인 학교에서도 문예교실이 있어서 글짓기를 한다. 보조교사가 일대일로 배치되어 도와주는 곳도 있고 그렇지 못한 곳도 있다. 뭔가를 쓰거나 표현하기 위해 이야기를 나누면서 질문을 하고 공감을 나눈다. 마음이 열려야 표현 활동도 가능하다. 또 섬마을 어르신들을 찾아가 시를 짓기도 한다. 일 년 내내 어르신들과 이야기를 나누고 그 말씀들을 고스란히 받아 적는다. 지역 이야기를 수집하듯 어르신들의 개인적인 이야기들을 적기만 해도 한 개인의 역사가 되고 문학이 된다. 특히 농사에 관한 말씀들을 하실 때면 저절로 고개를 끄덕이게 된다. 가령 다음과 같은 말.

"날이 매섭도록 차야 무가 잘 되는 거여. 사람도 그렇지. 갖은 고생한 사람이 잘 되는 법이여. 참사람 되는 거여."

아무리 글 잘 쓰는 방법을 이론적으로 알고 있어도 글을 못 쓰거나 어려워할 수 있다. 나도 글쓰기 생활을 오랫동안 해왔음에도 뭘 쓰지? 고민할 때가 있다. 어떻게 시작하고 접근해야 내가 하고픈 말을 전달할 수 있을지 한참 망설이기도 한다. 그럴 때 어르신이나 다른 이들의 말을 떠올린다. 생활 속에서 얻은 경험이 담긴 꾸미지 않은 말에서 글의 단서를 얻는 경우가 종종 있기 때문이다. 할머니가 하신 말씀을 다시 표현해 보니 시가 되었다.

참무

땅속에서 쑥쑥 몸을 키우는 무

추울수록 뿌리가 길어진다고
싱싱하게 잘 자란 무 한 입 베어 물며
참 달다, 달아!
쓱 입을 닦으시는 할머니

단단히 잘 컸다고,
쓰윽 쓱
무의 얼굴을 닦아 주신다.

진실 되게 살아온 무라고
마냥 칭찬을 하신다.

☕ 인상적인 말을 만났을 때 다시 나만의 방식으로
풀어 써봅니다.

기억하기 위해
기록하고 저장하고

"중요한 것은 자신의 글을 써야 한다는 사실이다.
본인이 직접 귀로 듣고 눈으로 본 것을
곡진히 드러내야 한다. 문자의 도가 그러하다."

– 연암 박지원

　첫 책이 나오기 전에 일상 아카이빙에 참여했다. 세월호 사고가 난 바로 직후여서 당시 사회 전반에 '아카이빙'이라는 말이 이슈로 떠오르기 시작했다. '아카이빙'의 뜻은 '특정 기간 동안 필요한 기록을 파일로 저장 매체에 보관해 두는 일'을 말한다. 사회적으로 세월호에 대한 아카이빙을 해나가는 집단이 생겼고 기록과 저장은 개인의 삶에도 커다란 화두가 되었다. 그때부터 나는 내 삶의 기록을 시작하게 되었다. 이전까지는 다른 이들의 책읽기나 글쓰기, 교육과 관련한 상담을 주

로 했다. 내 글은 회사 홈페이지 게시판에만 보고서처럼 존재
했다. 개인으로서의 나는 어디에서나 업무의 연장선상에서만
있었을 뿐 나 자신을 위해 배려하는 시간은 직장에도, 가정에
도 전혀 없었다.

처음에 아카이빙을 위한 모임은 대략 10명으로 구성되
었다. 기자, 선생님 등 각계각층의 전문가들이었고 매주 한 번
씩 만나 사회분야의 책을 같이 읽고 한 주간의 기록을 공유했
다. 함께 이야기를 나누며 토의와 토론을 하고 어떤 날은 영
화를 본 후 감상을 나누었다. 함께 똑같은 노트를 사서 적으
며 몇 달 후 모아 공저로 발간했다. 그 중에서 나는 가장 먼저
노트를 꽉 채웠고 마지막 뒤표지까지도 백지를 붙여 연한 그
림 위에 글을 썼다. 그 노트의 제목을 '삶의 서곡'이라 지었다.
'서곡'은 오페라의 시작 전에 연주되는 하나의 완성된 곡이다.
시작을 의미하면서 전체의 도입이기도 하고 그 자체로 독립
성을 띈다. 실제로 그 노트의 시작으로 책이 해마다 한 권씩
차례대로 나오게 되었으니 제목을 기막히게 잘 지은 듯하다.

내가 쓴 '삶의 서곡' 노트는 매일 만나는 것에서 가져온
것들이었다. 길바닥에서 구르던 낙엽을 붙이고 글을 쓰기도
했고, 존경하는 분을 만나 인터뷰한 내용도 있었다. 공연을 본
사연과 사진, 노랫말과 그림 등이 다양하게 실린 일기장 같으

면서도 잡지 같은 노트였다. 지금은 보물과도 같다. 무엇과도 바꿀 수 없는 귀한 물건이자 애틋한 첫사랑 같은 느낌을 준다. 글쓰기를 시작하는 분들을 만나는 자리에선 표본으로 보여드리기도 한다.

"뭔가 사라진 후에야 소중함을 안다는 게 슬퍼."

영화 <슈퍼노바>에 나오는 대사다. 연인이자 친구인 두 남자가 함께 캠핑카로 여행을 떠난다. 젊은 나이인데도 한 명은 치매가 심해서 기억을 다 잃어 인간성마저 상실하기 전에 스스로 세상을 떠나려 한다. 하지만 옆을 지키는 친구는 기억을 다 잃더라도 곁에 그가 있는 것이 더 소중하다 여긴다. 사랑을 잃기 싫어하는 사람과 기억을 잃어 사랑하는 사람에게 부담을 주기 싫은 사람의 이야기다. 사랑하기 때문에 우리는 아프고, 아프기 때문에 또 슬픔을 안고 살아간다.

기억이 사라져서 사랑하는 사람을 못 알아보게 되고 나 자신조차 잃어버리게 될 때 남겨지는 것은 무엇이 있을까. 내가 정신이 온전할 때 적어두었던 나의 이야기들이 바로 내 모습일 텐데 나를 잃고 아무것도 모를 때 나는 어떨지 상상조차 하기 힘들다.

흘러가는 촘촘한 일상의 순간들을 다 기억하기란 쉽지 않은 일이다. 모든 것을 다 남길 수 없고 기억하기도 힘들다.

사람은 죽어서 이름을 남긴다고 하지만 살아가는 순간에 내가 남기고픈 것들에 대하여 쓰고 남겨보면 어떨까. 언젠가 한 줌 가루가 되어 별로 돌아갈지라도 오늘 하루의 별 조각을 남기는 일은 사라지듯 흘러가는 일상을 소중히 여기는 일이 아닐까.

 글쓰기는 기억을 위해 마련한 시간 상자입니다.

삶의 가치를 발견하는 일

"읽을 가치가 있는 글을 쓰거나,
아니면 쓸 가치가 있는 삶을 살아라."
– 벤자민 프랭클린

예술가들은 자연에서 영감을 많이 얻는다. 자연이야말로
살아있는 예술 자체이고 움직이는 예술이기도 하다. 자연은
모든 것들을 따로 담아내지 않아도 그대로 온전한 모든 것이
다. 그 아름다움을 가져와 나만의 방식으로 표현하는 사람이
예술가일 것이다. 시시각각 달라지는 세계에서 우리가 담아내
는 것은 아주 사소한 부분일 텐데 이왕이면 가치 있게, 좀더
자연스럽게 모든 걸 구현할 수 있다면 얼마나 좋을까.

나는 여건만 되면 자연 속에 깃드는 걸 좋아한다. 산책이
나 여행 시 만나는 풍경들은 아무것도 하지 않아도 그 자체로

만족감을 준다. 내가 만난 풍경으로 글을 쓰기도 하고 그림을 그리기도 하는데 작품이 되지 않더라도 감흥을 즐기는 자체가 그 풍경과 함께 머무르는 것 같아 좋다. 남겨둔 기록은 언제든 꺼내볼 수 있어 그대로 또 온전하다.

쓰거나 그리기 위해서 늘 특별한 걸 찾을 필요는 없다. 늘 그 자리에 있어 왔는데 그날 내 눈에 특별하고 예뻐 보이는 것이다. 다른 때와 다르게 아름답다고 느낀 것을 찾아서 남긴다. 이런 모습이 다른 분의 글에서도 보였다. 글쓰기를 통해 행복해지고 싶다고 하며 좋은 글에 대해 고민을 많이 하는 전서진 샘의 글이다.

"글쓰기는 숨은그림찾기라고 생각한다. 숨은그림찾기를 해 본 사람들은 알 것이다. 눈을 사로잡는 화려한 그림 사이에서 숨어 있는 작은 그림을 찾아내는 일이 만만치 않다는 걸 말이다. 큰 그림 속에 숨겨진 지팡이, 수박, 연필 등등의 그림을 찾다 보면 그 어떤 순간보다 집중력이 발휘된다. 아이들과 함께 숨은그림찾기를 할 때면 모두 6개의 눈동자가 종이 위에서 또르르 굴러다니는 소리가 들릴 정도다. 최고의 집중력으로 숨은 그림을 찾아냈을 때의 기분은 올림픽 금메달리스트의 기쁨과 다르지 않다."

글쓰기는 전체의 그림에서 숨겨진 어떤 것을 찾아내는 일 같다. 숨겨둔 게 아니라 우리가 미처 몰랐던 사실 하나일 수도 있고 지나쳤던 어떤 것일 수도 있다. 항상 있었는데 보지 못했던 것. 그걸 찾아 글로 썼을 때 숨은 그림을 찾은 쾌감 같은 걸 느낄 수 있다.

아름다운 가치는 멀리 있지 않다. 우연처럼 찾아들지만 우리 곁에서 온다. 잠시라도 머무른 곳, 언젠가 만났던 것들에서 가치 있는 순간을 만난다. 글쓰기도 삶의 궤적에서 우연처럼 새롭게 발견한 가치를 기록하는 일이다. 잠시라도 아름다운 가치를 담아갈 수 있다면 삶이라는 긴 여정이 조금은 더 행복해지지 않을까.

☕ 글쓰기란 삶에서 가치를 새롭게 발견하는 일입니다.

일상에 대한 감사

> "글쓰기는 칭찬이나 인정,
> 상을 받고 싶은 욕망의 표현이 아니다.
> 삶이 주는 선물에 대한 감사의 표현이다."
> – 스탠리 쿠니츠

최근에 감사함을 느낀 적은 언제였나?

얼마나 우리는 더 가지고 누려야 할까?

이례적인 한파로 예년보다 빨리 맹추위가 닥친 겨울이었다. 작은 집에 사는 지인이 물이 안 나온다고 했다. 집을 비워두었던 며칠 동안 변기의 물조차 얼어버려 새삼 물의 고마움을 일깨워 준 사건이었다. 별안간 갑작스런 상황으로 불편함이 물밀듯 다가올 때 우리는 난감해하며 멈춰서 되돌아보게 된다. 그동안 별생각 없이 살아왔던 값진 모든 것에 대한 감사를 한순간 깨닫게 되면서 당혹감에 빠진다.

흔하고 흔해서 소중함을 잘 몰랐던 것들이 무수하다. 우리는 평범한 일상의 고마움을 얼마나 잊고 살았던가. 물이 그렇듯, 전기도, 소금도 마찬가지며 셀 수 없이 많은 것들 덕분에 우리가 편안하게 지내고 있다. 주위에서 내가 필요로 할 때마다 손닿으면 척척 해결되었던 모든 것이 다 귀중한 존재였다.

한번은 사고로 앞니 하나가 깨진 적이 있었다. 시술로 다시 복구를 했지만 사용은 자제해야 했다. 찬 것, 딱딱한 건 절대 금물이었고 뭔가를 끊는 것도 금지였다. 또 오래전에 손가락뼈가 부러져 깁스를 했던 적이 있었다. 한 달 동안 한쪽 팔을 못 쓰니 여간 불편한 일이 아니었다. 어디 한 군데 고장 나고 다친 후에야 더 조심하지 않음을 후회하게 된다. 사람에게도 마찬가지다. 곁에 있을 때 잘하란 말처럼 고마운 마음을 잊지 않아야 하는데 매순간 표현하면서 사는 일도 참 어려운 일이다. 사람이건 다른 대상이건 소중한 건 마음으로 잘 유지해야 한다. 그러려면 어떠한 방식으로든 고마움을 표현하는 습관을 지녀야 한다.

"고맙다 토종땅콩. 5개월 동안 잘 자란 토종땅콩을 뽑고 캔다. 개량종으로 오로지 큰 것만 찾는 세상 속에서 작디 작은

토종땅콩을 거둔다. 나도 열심히 5개월의 시간을 잘 달려왔
노라며 세상 밖으로 나와 작은 씨앗이 뽐낸다. 고맙다 토종땅
콩!"

농사짓는 박순웅 샘의 글이다. 농부일지를 쓰면서 무슨
일을 했는지와 작물현황을 기록했다. 작은 땅콩을 보며 그윽
해지고 흐뭇해진 모습이 그려진다. 애쓴 토종땅콩이 기특하
고 스스로에게도 뿌듯한 마음이 느껴진다. "고맙다"라는 말
은 "행복하다"와 "기쁨", "애썼다"를 포괄하고 있는 듯하다.
글을 쓰며 다시 한번 행복한 마음을 느꼈을 것이고 언젠가 다
시 글을 보며 또 그 마음이 새록새록 돋아날 것이다. 행복과
기쁨이 글쓰기로 더욱 깊어진다. 다른 농작물도 그분의 노트
에 차곡차곡 쌓이고 있다.

☕ 일상에서 감사한 일을 글로 표현해 보고 싶지 않
으세요?

누군가에게는
자전거 타기가 기적

"당신이 하는 것, 꿈꾸는 것은 모두
이룰 수 있으니 일단 시작하라.
대단함에는 천재성과 힘과 마력이 들어 있다."
– 요한 볼프강 폰 괴테

아인슈타인의 어록 중에 이런 말이 있다.

"삶을 살아가는 두 가지 방법이 있는데 하나는 기적이 전혀 없다고 여기는 것이고 다른 하나는 모든 것이 기적이라고 여기는 것이다."

지나가는 길에 '거룩한 교회'라는 간판을 보게 되었다. 종교가 없는 내게 그 문구는 생각할 거리를 제공했다. '교회' 앞에 붙은 '거룩하다'라는 말은 누구나 그 의미를 알지만 흔히 사용하진 않는 말이다. 그런데 생각해 보면 내게 거룩하게 여겨질 만한 일이 한두 가지가 아니었다. 아인슈타인의 생각처럼 모든 것이 기적이고 거룩한 일이었다. 어찌 보면 '기적'이란 말은 '거룩하다'라는 말과 뜻은 다르지만 비슷한 분위기를 자아낸다.

－ 기적 : 상식으로는 생각할 수 없는 기이한 일. 신(神)에 의하여 행해졌다고 믿어지는 불가사의한 현상.

－ 거룩하다 : 뜻이 매우 높고 위대하다.

두 말 다 종교적이면서 위상이 높은 말 같다. 아인슈타인의 말은 삶을 대하는 태도, 자세를 말하므로 모두가 기적으로 여기며 감사하게 살라는 뜻이다. 매사 일어나는 모든 일들이 믿어지지 않을 정도의 놀랄만한 일이라고 여기면 항상 웃으며 살 수 있을 테고 불행한 일이 생겨도 그만해서 다행이라 여길 것이다.

나는 누군가를 만나는 일도 기적 같은 일이라고 여긴다. 강연을 갔을 때 정현종 시인의 「방문객」을 여는 시로 같이 읽곤 하는데 사람이 사람을 만난다는 건 실로 놀라운 일이고 어마어마한 일이라고 생각한다. 개개인의 모든 역사를 이끌고 우리가 한자리에 모이고 서로의 정서를 나누고 즐거움을 함께한다. 모르는 사람끼리 만난다는 건 얼마나 깊은 인연이 닿아야 가능한 일일까. 그런데 우연히 만나게 되는 인연도 많다.

전혀 모르는 세계에서 제각각 살다가 어떤 계기로 인해 만나게 되기도 하고. 우연한 만남의 순간을 반갑게 여긴다.

모든 게 기적이라는 삶의 태도를 생각하며 '삶을 살아가는 두 가지 방법'을 '글을 쓰는 두 가지 방법'으로 대체해 본다면 삶과 글이 더 명징해진다. 글을 쓰는데 쓸 게 전혀 없다라고 여기는 생각과 모든 것이 다 쓸 것들이란 생각을 가지는 것, 바로 글쓰기에 임하는 자세라 하겠다. 글쓰기 모임에 참여하던 이희옥 샘은 바쁜 일상에 쫓겨 글쓸 여유가 없어 힘들다 했다. 그런 그녀에게 가장 기적 같은 일이 무엇이냐고 물었더니 대뜸 최근에 있었다며 썼다.

"망설이지 말고 그냥 해보는 거야.
날씨가 좋은 날 자전거를 타고 달리는 기분은 차로 이동할 때와는 참으로 다르다. 자연에서 불어오는 다양한 향기와 바람을 온몸 그대로 느낄 수도 있고 속도를 조절하며 풍경을 온전히 느낄 수도 있다. 자전거를 배운 건 내게 기적 같은 일이다. 자동차가 고장 나서 카센터에 맡기고 우연히 먼지 쌓인 자전거를 꺼내 남편에게서 배우게 되었다. 자동차 운전 배울 때보다 더 떨리고 무서웠다. 바퀴가 두 개밖에 없는 가느다란 자전거가 내 몸을 싣고 굴러가다니, 자신이 없었다. 남편이 뒤에서 자전거를 잡아주고 있었는데 몇 분 탔을까. 어느새 나는 남편의 손이 자전거 뒤에서 사라진 걸 모른 채 혼자 타고 있었다. 그렇게 한 달쯤 지났다. 이제는 오르막을 용기 내서 완주하고픈 마음에 외쳐봤다. 망설이지 않고 그냥 시도해 본다면 까짓꺼~ 못할 것도 없어! 앞으로는 미리 포기하지 않고 기적 같은 일을 만들어 볼 생각이다."

말씀도 조근조근 조심스럽게 하는 분인데 글을 읽으니 신바람 난 모습이 그려졌다. 내게 일어난 일을 하나씩 떠올리며 기적 같은 일이라 여긴다면 정말 쓸 이야기들이 넘쳐날지 모르겠다. 망설이지 말고 기적의 일들을 하나씩 건져 올려 글감으로 삼는다. 전혀 탈 생각을 못 하다가 혼자서 타고 있는 자전거처럼, 쓸 생각을 안 하다가 서툴게 시작해 쓰는 일도 기적 같은 일이다. 스스로의 삶을 기적으로 여기며 거룩한 일상의 이야기를 담아가는 사람, 또는 그런 자세야말로 다른 사람보다 높은 위상을 지닌 사람이라고 할 수 있지 않을까.

☕ 평범해 보이지만 내게는 기적인 순간이 있었나요?

황혼의 글쓰기

"무엇이든 희망을 갖는다는 것은
그 자체로 훌륭한 행동이다."
– 요한 볼프강 폰 괴테

어르신들을 매주 만날 때가 있었다. 수요일마다 요양센터로 가서 어르신들을 뵈었다. 주간보호센터이면서 요양원 시설도 갖춘 그곳엔 대부분의 어르신들이 아침에 등원을 하고 이른 저녁을 드신 후 셔틀버스로 하원을 했다. 그곳에 오는 어르신들은 모두 몸이나 마음이 불편한 분들이었다. 센터장님은 어르신들께서 글을 썼으면 좋겠다고 말했다.

팀을 만들어 어르신들을 매주 만났다. 비교적 젊은 축에 속하는 50대부터 91세 할머니까지 다양한 연령층이 모인 자리였다. 모두 불편한 몸을 이끌고 부축을 받거나 휠체어로 움직이는 분들이었다.

보호센터의 어르신들은 아무리 연세가 있고 살아온 날들이 많아도 처음에는 쑥스러워하는 모습들이 다반사였다. 불편한 몸으로 인해 위축된 상태가 느껴졌다. 나는 매번 목소리를 한 톤 높여 말을 했다. 열심히 재활운동을 하는 분도 계셨지만 처음엔 다들 글은커녕 쓴다는 것 자체가 무리였다. 일단 손에 연필을 쥐는 것도 힘들었다. 교감을 나누기 위해 시간을 보내고 이야기를 나누며 차츰 말수를 늘려갔다. 대답을 안 하는 분, 말을 더듬는 분, 몇 번을 설명해도 늘 전혀 모르겠다는 분, 다른 사람들 것만 따라 하는 분. 하나씩 알려드리고 기다리며 같이 손잡고 해보면서 진도가 나갔다. 사람과 사람이 만나는 일에는 기다림의 시간이 필요하다.

그림책이나 시를 읽어드리며 이야기를 나누고 어르신들의 이야기에 귀 기울였다. 어느새 어르신들과 함께 나누는 이야기들이 차츰 연습장에 담기기 시작했다. 선은 삐뚤빼뚤했지만 매순간 감동했다. 더디지만 아름다웠고 거칠지만 섬세했기에 감동할 수밖에 없었다. 짧은 글과 서툰 그림이었지만 지극정성으로 임한 어르신들은 차츰 스스럼없이 연습장에 뭔가를 힘들게 쓰고 그려나가는 일에 익숙해지셨다.

그분들에게 자신의 생각을 적는다는 건 낯선 세계였을

거다. 불편한 손으로 직접 뭔가를 쓰는 일 자체가 힘드셨을 텐데 항상 밝은 웃음으로 대하는 모습에 시간이 갈수록 정이 깊어 갔다. 어르신들은 당신들의 삶을 되돌아보고 정리하며 이야기를 나누는 시간을 즐거워하셨다. 끄적거리는 게 어렵지만 소소한 재미로 느끼시곤 차츰 글쓰기 시간을 기다리셨다. 그동안 해보지 못했던 것들, 잃어버렸던 자신감을 되찾고 표현력을 키우며 자존감을 세우고 뿌듯해 하셨다.

어르신들은 자신의 역사를 그리고 썼다. 작품 액자를 만들어 전시를 하고 문집까지 만들어 직접 쓴 글과 그림을 엮었다. 지난 시간들을 돌아보고 앞으로 남은 날들에 대한 희망을 연습장에 옮기셨다. 그 모습은 감동이었다. 몸이 불편한 어르신들도 아주 조금씩, 더디게 나아간 것처럼 누구나 자신에 대한 이야기를 쓸 수 있다. 그 안에서 삶의 즐거움을 다시 발견한다.

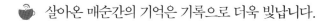 살아온 매순간의 기억은 기록으로 더욱 빛납니다.

노력은 배신하지 않는다

"우리의 인생은 우리가 노력한 만큼 가치가 있다."

– 프랑수아 모리아크

문학동아리에서 친하게 지냈던 친구가 부산에 살면서 서퍼가 되었다. 친구는 주말이면 새벽에 송정 바닷가로 가서 서핑을 즐기곤 한다더니 어느새 강사가 되어 가르치기도 했다. 겨울엔 따뜻한 나라로 서핑을 즐기러 간다고 했는데 TV에서 발리가 나와 친구 생각을 하며 봤다.

서퍼들의 명소 중에 발리의 '솔루반'이라는 해변이 있다. 해변의 에메랄드빛 바닷물은 철썩이는 파도로 종일 커다란 암벽들을 때린다. 바닷가 해변 앞의 커다란 바위는 신비스럽고 멋진 형상을 자랑하는데 파도의 끊임없는 움직임에 바위의 아랫부분이 깎이게 되었기 때문이었다. 바위의 윗부분은 태곳적 신비를 간직한 밀림의 형상을 하고 있어 <인디아나 존스> 같은 영화에서나 볼 법한 이미지이다. 바위 아래쪽은 바닷물이 드나들며 공간을 파놓은 격이 되어 전체적으로 불균형하면서도 고고한 분위기를 연출한다. 오랜 시간과 물방울들의 힘이 응집되어 단단한 바위를 옴짝달싹 못 하도록 움츠러들게 했지만 멋스러운 풍광으로 관광지 명소가 되었다.

솔루반 해변의 모습은 내가 좋아하는 "물방울이 바위를 뚫는다."라는 말을 적나라하고도 사실적으로 보여준다. 가만있는 돌덩이에 끊임없이 천천히 떨어지는 물방울을 상상하곤 했지만 솔루반 해변의 바위를 보면서 비유와 직시하게 되니 입이 쩍 벌어지고 말았다.

나는 좀 게으른 편이나 항상 노력하는 사람이라고 생각한다. 뭐든 잘하지 못하는 걸 알기에 붙이는 말이다. 잘하는 게 별로 없고 잘하지 못해서 늘 노력하는 편이다. 아이를 키우는 일도 매일 노력하고 살림하는 것도 매일 노력한다. 강의를 할 때나 글을 쓸 때도 늘 노력하고 무엇을 할 때 늘 노력을 다한다. 노력은 하지만 잘하려고 하진 않는다. 내가 할 수 있는 만큼의 범위와 한도에서 열심히 한다. 열심히, 라는 말도 적절하지 못한 말 같다. 머리 아프도록 하거나 송두리째 몰아붙이듯 하지는 못하기 때문이다. 다만 나다움을 보여주고자 하는 것 같긴 하다. 잘한다는 생각보다는 나다움을 전하기 위해 노력한다고 볼 수 있다.

노력이라는 말에는 시간이 함축되어 있다. 그 시간은 정성과도 닿아있다. 어쩌면, 노력 = 시간 + 정성이라 볼 수 있다. 노력은 한 번 하는 것이 아니라 꾸준히 하는 것이고 포기하지 않는 마음을 품고 있다.

드로잉 에세이 쓰기 시간에 만난 양선영 샘이 SNS에서 본 70대 할머니의 운동 영상에 관한 글을 쓴 적이 있다. 운동을 열심히 해서 근육이 단단하고 건강해 보이는 흰머리 가득한 할머니가 손자의 질문에 답하는 영상이었다.

"할머니, 운동이 할머니에게 무얼 가르쳐줬어요?"
"아주 많은 걸 가르쳐줬지. 실패는 성장으로 이루어질 수 있고 변화는 불편한 거지만 성장에 필수적이지. 위대한 일은 일관성과 함께 이루어져서 사람들이 보지 않을 때 네가 하는 일이 사람들이 볼 때 하는 일보다 중요하다는 걸 말이야. 정말 간절히 원하면 방법을 찾을 수 있다는 걸 배웠단다."

할머니의 말씀처럼 위대한 일은 일관성과 시간에 의해

이루어진다. 무엇이든 꾸준함을 이길 수 있는 건 없다. 할머니의 영상을 본 양선영 샘은 당시 배우고 있던 피아노와 수영이 어려워 포기하고 싶었던 마음이 돌아섰다고 했다. 일관성과 시간에 기대보기로 한 것이다. 지금쯤이면 둘 다 노력의 결과로 훨씬 실력이 나아졌을 거라 믿는다.

 오랜 시간 반복적인 노력은 많은 일을 가능하게 하지요. 글쓰기도 그러합니다.

자유로워지는 시간

"나오는 생각을 적어라.
짜내지 않은 생각들이 가장 가치 있다."

– 프랜시스 베이컨

내게는 백일장에 관한 추억이 있다. 내가 다닌 고등학교는 울산의 '학성공원'이라는 명소 근처여서 벚꽃이 흩날리는 봄이면 전교생이 우르르 몰려가 백일장을 치렀다. 벚나무 아래에서 시제에 맞춰 글을 쓰는 날인데 글보다는 친구들과 놀았던 기억밖에 없는 축제와도 같은 날이었다. 그래서인지 '백일장' 하면 즐거운 기운이 내 안에 흐른다. 글을 잘 써서 상을 받는 건 중요한 게 아니었다. 단순한 해방감, 바로 그게 다였다. 학교라는 울타리에서 벗어나 친구들과 까르르 웃으며 떠들고 놀다가 마감 시간 안에 휘릭 써서 내면 그만이었던 백일장. 그때의 즐거운 분위기가 글쓰기를 자유롭게 해주는 계기였을 수도 있을 거란 생각이 든다. 연분홍 꽃잎이 하늘거리며 주위를 수놓고, 진지함보다는 유쾌함으로 놀던 글짓기 시간, 고등학생 시절로 만약 돌아간다면 그때처럼 자유롭게 살 수 있을까.

어떤 것을 할 때 마음이 즐거우면 그게 '해방'이다. 학교에서의 봄 백일장이 교실 밖으로의 해방이었고 가부장적인 아버지의 통제에서 그나마 자유로웠던 고등학교 시절이 내게는 해방이었던 것 같다.

오늘 내 눈앞에 나타나는 일이 이왕이면 즐거웠으면 좋겠다는 생각을 한다. 즐거운 마음은 구속되거나 억제되지 않는 '자유'와도 비슷하다. 무엇에도 얽매이지 않는 마음으로 오늘의 나를 해방시키는 것이 글쓰기의 즐거움이다.

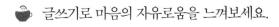 글쓰기로 마음의 자유로움을 느껴보세요.

애정의 시간

"내 인생의 가치를 높이기 위해 글을 쓴다."

– 아나이스 닌

나는 성격이 느긋한 편이다. 행동뿐만 아니라 생각도 느린 것 같다. 지나고 나서야 떠오르는 것들이 많은 걸 보면 말이다. 성격이 느리다 보니 여러 사람들과 있을 때나 다른 사람과 있을 때 빨리 말을 하거나 빠르게 행동을 먼저 하지 못할 때가 많다. 좋게 말하면 말을 하기보다는 듣기를 더 잘한다. 말하는 사람의 말을 들으며 기다려준다. 듣기를 잘하는 것도 쉽지 않은 일이다. 끈기가 있어야 하고 잘 기다릴 줄 알아야 한다. 간혹 내가 말을 많이 하는 경우는 정말 그 사람이 편해서거나 상대방이 너무 말이 없어서일 가능성이 크다.

말을 많이 하는 것을 그다지 좋아하지 않아서 주로 대답 위주로 말을 하거나 맞장구치는 경우가 많은데 이따금씩 집에 가는 길에 후회를 하곤 한다. '아, 그때 그 말을 했었어야 했는데.', '그렇게 말하지 말고 이렇게 말할 걸.' 등의 상념으로 자괴감에 빠지기도 한다.

시간이 지나면서 내가 말하지 못한 내용에 대해 후회를 하거나 꺼내지 못한 말들 또는 꺼내지 않은 말들에 대해서 혼자 끄집어내어 되뇌고 정리하게 되는 시간이 많아졌다.

예전에 친한 사람이 나에게 이유도 없이 짜증을 내고 언짢게 행동한 적이 있었다. 그날은 비가 주룩주룩 내리는 여름이어서 불쾌지수도 높았다. 평상시엔 다정하고 늘 다른 사람을 배려하는 온순한 사람이었다. 그 사람의 행동에 많이 놀라고 기분이 상해서 돌아와 이렇게 적었다.

"인연이 깨어지는 것은 가슴이 허물어지는 일이다. 함께한 모든 시간이 허물어져 버린다는 건 가슴 아픈 일이다. 그럼에도 마음이 돌아서 버리는 것은 상대방의 무례한 행동 때문일 확률이 높다. 뜻하지 않게 상대를 괴롭게 한다는 건 무의식속에 그 사람이 차지하는 비중과 닿아있지 않을까. 그 사람에 대한 애정의 정도에 따라 행동이 자연적으로 나오는 것일 텐데. 좋아하는 사람이라면 옆에 있는 사람에게 무례하거나 괴로운 마음이 들게 행동하진 않을 것이다. 무례함은 이별을 낳는다."

휘발되는 말들을 곰곰 되짚어 생각해 보노라면 말의 외관상의 오류나 허점을 발견하기도 한다. 글을 쓸 때는 거듭 생각을 하며 정리를 할 수 있으니 다시 시간을 되돌아보는 효과와 기억을 잘 살리게 한다는 기능이 있다. 내게 다가온 시간과 인연에 대해 애정을 가지고 다시 대면하는 시간이 글을 쓰는 시간이다. 내가 언짢았던 기분을 상대에게 문자로 알려주자 그 사람도 그때의 마음을 다시 내게 답하며 미안해했다.

애정이 없다면 지나온 시간을 다시 반추할 리가 없다. 또한 애정이 없다면 다른 사람에 대해 다시 떠올리며 그 사람이 한 말, 행동에 대해 되짚을 리가 없다. 다시 생각한다는 건 시간과 사람에 대한 애정에서부터 시작한다. 결국에는 자신을 사랑하는 일과도 같다.

☕ 글쓰는 시간은 자신과 주변을 돌아보는 시간입니다.

나의 슬픔에게 안녕을

> "나는 내 과거와 가족에 대한 추억, 현재의 삶 등
> 여러 가지 것들을 생각한다. 거기서 글을 끌어낸다."
>
> — 시바타 도요

웃음이 커지면 기쁨이 되고 슬픔이 커지면 웅덩이가 된다. 웃음은 휘발되는 성질이 있지만 슬픔은 빠르게 내재되어 깊이 남는 성질이 있다. 날아가 버리기는커녕 오히려 두고두고 곱씹게 된다.

슬픔이 찾아와 떠나지 않을 때는 무엇을 할 수 있을까. 떠나지 않고 머무르는 슬픔에 대하여 나는 어떻게 하면 웅덩이에 빠지지 않고 젖지 않은 채, 때론 젖은 채로 버틸 수 있을까. 살아가면서 마주해야 할 상실에 대하여, 결핍에 대하여, 슬픔에 대하여 우리는 얼마나 대처하면서 살아갈 수 있을까.

타인의 행복을 공감하기란 어렵지 않다. 하지만 타인의 슬픔을 공감하기란 쉽지 않은 일이다. 누구도 당사자가 되지 않는 이상은 헤아릴 수 없는 깊이를 지닌 게 슬픔이라는 감정이기 때문이다. 웃음은 그칠 수 있지만 눈물은 쉬 그쳐지지 않는다. 수시로 찾아와 자신도 모르게 이내 눈물을 주르륵 흘리게 되는 것은 고여 있는 웅덩이가 웅숭깊기 때문이고 언제든 슬픔이 찰방거리며 뛰어다니기 때문이다.

보통, 글을 쓰는 사람들은 힘들 때 글이 써진다고 한다. 기쁘고 행복한 순간에는 오히려 글이 써지지 않는다고 한다. 내게는 시가 있어서 슬픔을 건너거나 슬픔 속에서도 잘 버틸 수 있었듯이 다른 사람에겐 다른 어떤 것이 있을 테다. 가수에게는 노래, 음악이 되겠고 화가에게는 그림이 될 수 있고 또 어떤 이들에겐 여행이 될 수도 있겠다.

우리나라 여성 래퍼로서 굳게 자리매김한 윤미래는 어릴 때부터 까만 피부로 왕따를 당하고 놀림을 받았다. 다문화가정의 자녀라는 이유로 받은 차별과 편견에 의한 상처를 윤미래는 음악으로 버틸 수 있었다. 우리에게는 슬픔을 견디게 해주는 단 한 가지라도 있으면 살아가는 힘이 충분하다. 윤미래는 자신의 상처와 아픔에서 헤어날 수 있게 해준 음악 이야기를 썼다. 『검은 행복』이라는 그림책으로도 만들어졌고 노래로도 만들어 차별받는 이들에게 위로와 희망을 건넨다.

직장에서 괴롭히는 상사나 동료, 학교나 모임에서 나를 힘들게 하는 사람 등 나에게 상처가 되는 사람들이 있다면 거기에 얽매이지 말고 슬픔을 잊게 해주는 것을 찾아보면 좋겠다. 뮤지션 윤미래가 자신의 상처와 아픔에도 다른 사람들에게 위로와 희망을 주려고 한 것처럼 슬픔의 방패를 세워야 한다. 슬픔을 마주보며 잘 들여다보는 것이야말로 누구보다 나를 더욱 사랑해 주는 일이다. 나를 힘들게 하는 근원을 찾아 나의 본질을 탐구하는 것에서 출발한다. 타인에게서 해방될 수 없다면 내 안의 '나'라도 스스로 해방시켜야 한다. 글을 쓰다 보면 마음의 안정이 찾아오고 문제의 본질에 다가갈 수 있다. 글쓰기는 나의 슬픔에 안부를 묻고 보듬어 나를 자유롭게 한다.

 글쓰기에는 치유의 힘이 있습니다.

첫 줄을 기다리는 이

"영감이 찾아오길 기다려선 안 된다.
몽둥이를 들고 그걸 쫓아가야 한다."
– 잭 런던

언젠가 친구의 카톡 프로필 글귀에 눈길이 머문 적이 있다. 그 문장은 "첫 줄이 오기를 기다린다."였다. 6학년 때 같은 반이었던 친구는 대본을 썼고 나머지 우리 팀은 연극을 했던 기억이 난다. 나는 할머니 역이었는데 연기를 잘했다는 평까지 들었다. 하지만 내가 들은 칭찬보다 친구가 대본을 썼다는 게 더 인상적이었다. 늘 하교 후 서로 집을 들락거리며 놀던 사이였는데 어떻게 그렇게 감쪽같이 대본을 실감나게 잘 썼는지 신선한 충격이었다. 지금도 정치적 발언에 자기 의사를 분명히 밝히는 친구는 다른 사람의 이야기를 잘 들어준다.

자신의 삶도 그리 평탄치만은 않았는데 지금도 글쓰기를 좋아하는지는 모르지만 재능이 많은 친구라 언제든 글을 좀 쓰면 좋겠단 생각을 하고 있다.

첫 문장을 쓰는 일은 그리 쉽지 않다. 글을 쓰기 위해 무작정 시작하면 좋은데 어떤 말로 시작해야 할지 대략난감하다. 소설책을 읽어보면 대부분은 아주 일상적인 장면에서 이야기가 시작된다. 여러 작품들을 읽으며 문장이 어떻게 시작되는지를 살펴보면 거의 비슷하다. 이야기의 처음부터 극적이거나 궁금증을 유발하는 사건이 나오는 경우도 있겠지만 대부분은 평범한 풍경에서 점진적으로 나아간다.

내가 친구의 프로필 문구를 보며 느낀 건 첫 줄을 기다리는 것이 사랑을 못 해본 사람이 사랑이 오기를 기다리는 것과 비슷하단 것이었다. 첫 문장이 우연히 섬광처럼 다가오기도 하겠지만 가만히 있는데 그럴 일은 드물다. 아무것도 하지 않으면 아무 일도 일어나지 않는다. 문장을 쓰는 일은 쓰는 것에서 시작한다. 떠오르는 문장을 쓰다 보면 다시 쓰게 되고, 끙끙대더라도 이어가려 하지만 아예 시작도 하지 않고 무작정 기다린다는 건 안 하겠다는 것과 다르지 않다. 기다리지 말고 뭐라도 쓴다. 그리고 고치고 고친다.

글을 쓰려고 할 때 막연히 써야겠다고 생각한 주제가 있다면 주제문을 앞쪽으로 오게끔 두괄식으로 써도 되고 내용을 먼저 쓰고 주제문을 글의 뒤편으로 배치해도 된다. 꼭 형식이 아니더라도 대부분 일반적인 글에서는 날씨나 장소, 인물의 독백이나 대화에서 글이 시작되는 경우가 많다. 첫 문장에 따라 전체적인 이야기의 분위기가 전개되니 그 점에 유념하면서 첫 문장을 써본다. 어떤 글이든 전하고픈 주제에 접근하기 위해 향해 가면 되나 그럼에도 첫 문장은 이야기의 시작이므로 중요하다. 독자의 입장에서는 읽기의 시작이므로 첫 줄은 아주 짧은 한 문장 정도로 끝내는 게 좋다. 호기심을 자아내면서 읽기가 용이하게끔 쓴다.

첫 문장을 내딛어야 비로소 마지막 마침표의 기쁨을 맛볼 수 있다. 그러니 기다리는 것보단 발을 떼서 내딛어 보는 게 현명한 방법이지 않을까.

☕ 마침표는 첫 문장을 시작해야만 찍을 수 있습니다.

말 대신 쓰기

"나는 생각을 많이 하지만, 많은 말을 하지는 않는다."

– 안네 프랑크

"아침 여섯 시, 나의 출근 준비와 아이들 챙기기, 지난밤 정리 못한 집안일을 시작하기에 이르지 않은 시간이다. 하지만 매일 아침 찾아오는 목덜미의 뻐근함과 온몸의 찌뿌둥함으로 거실에 매트를 깔고 아침 요가를 한다. 20분 남짓의 요가를 하면서도 머릿속이 바삐 돌아간다.

'주말엔 미용실 예약을 하고 인터넷 장 보고, 아침 식사는 뭘 준비하지? 아차차! 요가 집중!' 긴 호흡으로 정신을 가다듬고 오늘의 다짐을 여러 번 되뇐다. '여유 있게 자연스럽게'. 오늘 나의 확언 문장과 요가는 닮아 있다. (중략) 오늘 나는 계획된 일을 나의 속도에 맞춰 열심히 할 것이다. 하지만 완벽하지 않아도 괜찮다. 그 안에서 다시 나의 다짐을 떠올린다. 분주한 가운데 잠깐의 여유와 나에게 집중할 수 있는 요가를 꾸준히 하고 싶다. 지금 쓰고 있는 글도 함께!"

　신경숙 작가의 『요가 다녀왔습니다』를 읽은 후 썼다는 정세화 샘의 글이다. 도서관 사서로 일하며 글쓰기를 꾸준하게 하고 싶다고 했다. 늘 해야지, 써야지 하면서도 정말 하기가 쉽지 않다고 말하다가 드디어 쓴 것이다. 매일 하루 계획을 머릿속으로 떠올리기만 하다가 쓰기 시작했다. 자신에게 집중하는 시간을 갖기 위해 요가와 글쓰기를 꾸준히 하겠다는 다짐을 썼다. 지금 현재 집중하고 싶은 것, 나를 위한 시간에 대해 하나씩 시작했다. 매일 못 하더라도 일단 시작을 했으니 다행이다. 서서히 일상에서 자신을 찾으며 자신감이 생길 것이다. 글을 쓰면서 자기 성찰과 기록, 스트레스 해소, 오늘과 내일의 계획 등을 세울 수 있으니 이로운 점이 가득하다.

　초등학교 6학년 때 일기장이 전시된 적이 있었다. 반 친구들의 일기장이 전부 전시가 된 건 아니었다. 잘 쓴 일기의 견본으로 선생님께서 복도에 한동안 세워두셨는데 창피함보다는 상을 받는 기분이었던 것 같다. 성격이 조용한 편이었지만 학교 다니는 걸 너무도 좋아했던 어린 날의 일기가 지금은 공기 속에도 존재하지 않아 궁금하기만 하다. 꽤 많았던 일기장과 나의 공책, 수첩들은 언제부턴가 모두 행방불명이 되었다. 지금은 다시 또 과거로 가는 오늘을 적고 있다.

작품과는 다른 공간인 일기장은 나를 쉬게 하고 다시 안아주기도 한다. 일기가 아니더라도 일상에서 느끼는 단상과 내가 겪은 일들에 대해 적고 싶은 걸 적어보라고 권하고 싶다. 말보다 글이 주는 위로와 힘이 크다. 내가 한 말도 어디론가 휘발된다. 하지만 글은 남는다. 기록된 말은 남아서 나를 돌아보게 하고 나아가게 한다.

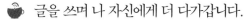 글을 쓰며 나 자신에게 더 다가갑니다.

쉽게 만나는 온라인 일상

"글쓰기는 자신을 이해하는 과정이자,
세상을 이해하는 과정이다."

– 존 치버

지인을 만나러 갔다가 다른 작가들을 같이 보게 되었다. 우연히 같은 장소에 모인 거다. 네 명이서 한참동안 얘기를 나누고 있었는데 한 분이 대뜸 "우리, 라방할까요?" 그러더니 바로 인스타그램 라방으로 연결했다. 태블릿을 세워두고 생중계 상태에서 별다른 의식 없이 대화를 이어나갔다. 책 이야기, 새로 만든 명함 이야기, 다이어트와 운동 이야기 등을 친구들끼리 수다 떨듯이 나누었다. 우리가 라이브로 방송하는 동안 보는 사람들은 댓글을 달며 소통했다. 댓글을 읽으며 대화를 나눴고 온라인으로도, 댓글로도 대화가 가능했다.

일상에 파고들어 쉽게 접근 가능한 SNS는 누가 보든 말든, 혼자서도, 같이 있는 사람들끼리도 재미있게 활용할 수 있게 되었다. 즉흥적으로 실시간 라이브 방송이라니, 전문 방송인이 아니어도 이젠 누구나 부담없이 방송을 한다. 온라인 노출에 대한 부담은 줄고 한결 자연스러워졌다. SNS 시대를 살아가는 요즘은 다채로운 영상 제공뿐만 아니라 1일 1홍보라도 하듯 많은 사람들이 사진과 영상에 글을 입혀 기록으로 남기고 있다. 날마다 개인적이고 소소한 일상들이 무수히 쏟아진다. 모두가 매스컴화 되어 있다고 해도 과언이 아닐 정도로 개인이 표현하고 발설하는 양이 어마어마해졌다.

글을 쓴다는 것이 나를 표현하는 일이라고 할 때, 결국엔 SNS를 하는 이유와도 같다. 누구에게나 표현하고자 하는 욕구가 있다. 자신을 표현하는 일에는 여러 가지 방법이 있으며 넘쳐나는 정보들 사이에서 자신의 소소한 일상을 SNS에 올리는 것도 하나의 쓰기 방법이 되었다. 이젠 누구나 개성과 매력을 무한 발산할 수 있는 도구이다. 댓글을 달 때도 신중히 써야 한다. SNS가 누구나 일상을 공유하고 쉽게 교류하는 문화이기에 온라인상이어도 직접 만나서 말하는 것보다 더 조심해서 댓글을 써야 한다. 자칫하면 오해를 살 수도 있고 기분을 상하게 할 수도 있다. 반면 더욱 친근한 사이가 될 수 있는 장이기도 하다.

　SNS에서는 일상의 흐름을 빠르게 소통할 수 있다. 글과 영상을 통해서 그 사람의 문체와 개성이 드러난다. 온라인상에서 보이는 말투가 다는 아니겠지만 올린 글이나 댓글에서도 성격이나 성향을 어느 정도 파악할 수 있다.

　세상과의 소통 창구인 SNS는 글쓰기 능력을 요구한다. 사진이나 동영상을 올리더라도 설명 한 줄 붙이는 것이 자연스러워야 한다. 그런 이유로 SNS가 일상화되면서 글쓰기에 대한 부담감을 토로하는 사람이 많다. 그러나 조금 생각을 달리 해보면 SNS는 글쓰기에 친숙해질 수 있는 좋은 수단이기도 하다. 방송인도 아니지만 누구나 느닷없이 라이브 방송을 할 수 있는 것처럼 너무 큰 부담을 느끼지 않고 SNS에서의 글쓰기를 자주 시도해 보는 것도 좋은 방법이다.

　☕ SNS는 즐겁고 재미있게 시작할 수 있는 글쓰기 창구입니다.

2장

무엇을

쓸 수 있을까

가장 먼저 떠오르는 것에서 출발

"글쓰기는 욕망인 동시에 훈련이다.
영감이 떠오를 때까지 기다려선 안 된다.
그랬다간 어떠한 작품도 끝내지 못할 것이다."
– 크리스 보잘리언

여성으로서의 억압에서 벗어나 자유와 권리를 찾는『나미
타는 길을 찾고 있다』라는 책이 있다. 단지 여자이기 때문에,
여자라서 받는 억압에 대해 요즘 사람들은 어떻게 생각하고
있을까. 남존여비 사상은 우리나라 조선시대의 이야기가 아니
다. 아직도 잔존하는 현실이며 진행형의 굴레기도 하다. 이란
이나 아프가니스탄 등에선 지금도 여자라서 학교에 가지 못하
고 청소를 하거나 집안일은 물론 바깥일까지 하며 남자와 똑
같이 있는 곳에서도 차별을 받는다. 어릴 때부터 노동착취를
당하고 원하지 않는 곳으로 시집을 가야 하는 소녀도 있다.

지금 우리가 억압된 생활을 하고 있지 않더라도 나의 길을 가고 있느냐는 물음이 책의 메시지이다. 내 삶의 주인으로서 내가 진정 원하는 발걸음을 내딛고 있는지, 스스로에게 질문을 던진다. 가부장적인 부모님 아래에서 자라 꿈을 펼치지 못한 학창시절이 있었는지, 오빠나 남동생으로 인한 차별 속에서 자라왔는지, 이제는 속박에서 벗어나 자유로워졌는지 묻는다. 꼭 여성이라고 제한을 두지 않더라도 한 사람의 정체성을 물으며 나 자신을 되돌아보게 한다.

　　어린 시절 나는 집에선 없는 듯 자랐다. 목소리가 큰 아버지는 고지식한 분이셨고 아들인 오빠에게만 극진했다. 심한 편애는 밥상에서도, 비바람 몰아치는 귀갓길에서도, 아침부터 밤까지 매일 이어졌다. 지금도 여전한 아들 사랑은 내리사랑인 친손주에게로 고스란히 이어져 유별나시다. 평소 여자애가 많이 배울 필요 없다고 주장하셨는데 중3때 생각지도 않던 담임선생님의 상담요청을 받았다. 내 인생을 통틀어 처음이자 마지막으로 내가 다니는 학교에 오게 되셨고 선생님의 설득으로 결국 나는 인문계 고등학교에 가게 되었다. 아버지와 다정하게 말을 나눠본 기억이 거의 없지만 고3 때 국문학과를 가겠다고 하자 어이없어 하시며 크게 웃으셨던 모습이 떠오른다. 그런 데 가서 뭐 먹고 살 거냐고, 기도 안 찬다고 하셨는데 아버지 앞에서 난 작가가 되고 싶다고 말했다. 버럭 소리를 잘 지르는 아버지 덕분에 항상 나는 집에서 조용했고 하고 싶은 것들은 모두 휴지처럼 구겨서 버렸는데 어떻게 그런 말을 했는지 모르겠다.

여자는 어려선 아버지에게 억압당하고 커서는 남편에게 억압당한다는 말이 있다. 물론 그렇지 않은 아버지와 남편도 많지만 여성으로서의 자리나 역할이 집안일과 가족에 헌신하는 모습만 있는 건 아니다. 사랑이라는 이유로 함께하는 것과는 전혀 다른 모습이다. 공감 가는 책을 통해 내 삶을 반추한다. 이야기는 이야기를 낳듯이 책을 읽으며 나의 서사에 대입시킨다. 책 속 주인공처럼 나도 그런 적이 있다면 비슷한 경험을 쓰고, 없다면 상반되는 나의 이야기를 쓴다. 내가 오빠와의 차별과 아버지의 편애를 꺼내서 들려주자 비슷한 경우가 있다며 김형숙 샘도 어린 시절의 기억을 또렷하게 되살려 썼다.

"나는 매번 배려심 없는 쌀쌀맞은 맏이였다. '남동생 물심부름 하지 않고 밥 먹을 수 있으면 좋겠다.'라고 생각했다. 그러던 어느 날, 엄마가 장 보러 간 사이에 우리는 라면을 먹게 되었다. 요리 솜씨가 좋은 엄마가 있을 때는 아예 못 먹는 음식이라 몰래 먹듯이 끓여 먹었다. 사남매가 똑같이 접시에 덜고 먹으려는데 덩치 크고 먹성 좋은 남동생이 자기 라면이 적다며 더 달라고 졸랐다. 똑같이 줬는데 뭐가 적냐며 실랑이를 벌이고 있는데 할머니가 들어오셨다. 할머니는 밥상을 보더니 내 그릇에서 라면을 덜어 남동생 그릇으로 옮겼다. 평소에도 장손을 입에 달고 사는 할머니였는데 순간, 나의 서운함이 분노로 치닫는 데 0.5초도 걸리지 않았다. '너 다 먹어!' 내지른 소리와 함께 내 라면 그릇은 남동생을 향해 날았고 내 손은 부들부들 떨렸다. 두 주먹에 어찌나 힘을 주었는지 손바닥에 손톱자국이 남을 정도였다. 라면 가닥을 뒤집어쓴 남동생을 보고 할머니는 경악하셨고 세 동생들의 울음소리가 얹힌 난장판 점심을 뒤로 하고 나는 '할머니 나빠!' 외치며 옥상으로 뛰어 올라갔다. 장에서 돌아와 한눈에 사태를 알아차린 엄마는 아무 말이 없었다. 그 후 간혹 밥상에서 남동생을 향해 '너도 이제 컸으니 물 갖다 먹어라.' 하곤 했다."

 기억이 구체적일수록 좋은 글감이 되곤 합니다.

익숙한 것의 새로운 발견

"진정한 탐험은
새로운 풍경이 펼쳐진 곳을 찾는 것이 아니라
새로운 눈으로 여행하는 것이다."
– 마르셀 푸루스트

"쓸 게 하나도 없는데 어떡하죠?"

무언가를 쓰자고 하면 어딜 가나 이렇게 말하는 사람이 꼭 있다. 얼마 후 쓸 걸 찾아내지만 처음엔 뭘 써야할지 막막하기만 하고 떠오르지 않아서다. 조금만 더 생각해 보면 좋을 텐데 아이나 어른이나 말부터 내뱉고 본다.

쓸 거리가 떠오르지 않는다면 바로 지금 있는 곳을 둘러보라고 말한다. 글을 쓰기 위해 특별한 무언가를 찾으려 애쓰는 것보다 평범한 일상에서 특별한 순간을 담거나 나만의 특별한 의미를 부여하는 데서 출발한다. 어딘가에 있을 것 같은 파랑새를 찾기 위해 돌아다닐 필요가 없다. 글감은 항상 가까운 곳, 있는 자리에서 주변을 둘러보며 탐색한다.

독서모임에 꾸준히 참여하던 박창옥 샘은 글쓰기 시간에도 글을 쓰는 대신 책을 읽고 있었다. 왜 안 쓰냐고 물어보니 쓸 게 없다는 대답이 돌아왔다. 그래서 읽고 있는 책에서 출발해 보라고 했다. 왜 그 책을 읽게 되었는지, 언제부터 읽었는지, 읽기엔 어떤지, 그런 다음 주인공과 이야기 배경, 사건 등을 정리해 볼 수 있다고 설명해 드렸다.

보통 글쓰기 시간을 시작할 때 그날의 날씨와 풍경 이야기를 많이 한다. 맑은 날의 주위 풍경과 비 오는 날의 풍경은 확연히 다르다. 날씨 이야기에 이어 오늘 그 자리에 오기 전까지 있었던 일을 떠올려 써보게 한다. '생각나지 않는다'라거나 '쓸 게 없다'란 말을 할 수가 없다. 그 다음은 '오늘 있었던 일 중 기록하고 싶은 것 하나'를 써보자'라고 한다. 그럼 제각각 다양한 이야기가 펼쳐진다. 좀처럼 첫 줄을 시작하지 못하던 박창옥 샘이 드디어 글을 뚝딱 써 내려갔다.

신기한 일   −박창옥

"신발장 탁자 위에 식권 8장 묶음이 노란 고무줄에 묶여 있다. 아침에 음식물 쓰레기를 버리려고 올려놓았다가 나가면서 들고 나갔다. 음식물 쓰레기를 버리고 지하 주차장으로 가려는데 1층 현관 안쪽 바닥에 무언가 떨어져 있다. 집어보니 내 식권 뭉치였다. 어째 이런 일이!

신기하기도 하고 오늘 왠지 하루가 잘 풀릴 것 같았다. 그것을 내가 다시 찾지 못했다면 어느 날인가 찾으려 했을 때 없어진 줄 모르고 사방팔방 찾아 헤맸을 것이고 내 기억의 오류를 탓하면서 오래도록 찾고 찾았을 것이다. 오늘은 '횡재한 날'로 이름하며 신나는 기분으로 기록을 남겨놓는다."

우리는 아는 만큼 보이고 보이는 만큼 표현할 수 있다. 누군가의 마음을 사로잡는 문장을 쓰려면 매혹적인 표현을 할 줄 알아야 하기에 수많은 장면들을 접해야 한다. 기본을 만들기 위해 환경이 밑바탕이 되어야 하듯 많이 보고 많이 느끼는 수밖에 없다.

중세에는 나비를 사악하다 여기며 나비의 변태 과정도 이해하지 못했다. 하지만 마리아 메리안이라는 소녀가 그 시대에 악마의 짐승이라 불리던 나비를 관찰하고 여러 식물을 그림으로 기록했다. 마녀라 하며 마리아 메리안을 인정하지 않았던 사람들은 훗날 나비나 꽃의 한살이에 대해 제대로 알게 된다. 그녀의 글과 그림은 고스란히 책으로 나왔고 추후 독일 화폐에 얼굴이 들어간 위인이 되었다. 많이 쓰는 사람, 잘 쓰는 사람은 많이 본 사람이며 잘 발견하는 사람이다. 흥미를 끌 만한 소재를 찾는 일도 보이는 것에서부터 시작한다. 우리는 보이는 만큼 표현할 수 있다.

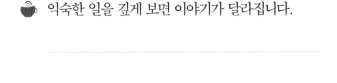 익숙한 일을 깊게 보면 이야기가 달라집니다.

인싸가 되고 싶습니다만

"탁월한 능력은 새로운 과제를 만날 때마다
스스로 발전하고 드러낸다."
– 발타자르 그라시안

중학생 글쓰기 수업 도중 지훈이가 질문을 했다. 인스타그램을 이제 막 시작했는데 글을 쓰는 게 영 어색하다는 것이다. 다른 사람들은 매일 사진을 올리고 그에 따른 글을 적절하게 잘도 쓰는데 막상 자기도 그렇게 하려면 뭐라고 적어야할지 자신이 없다는 것이다. 사진과 글이 자연스럽게 어울리는 포스팅을 보면 더욱 위축되기까지 한다면서 동그랗게 눈을 뜨고 '좋은 방법이 없냐'고 묻는 아이의 표정이 진지했다. 비슷한 질문을 여러 차례 받곤 했다. 청소년 수업에는 무척 다양한 요구를 지닌 아이들이 참여한다. 미래의 작가를 꿈꾸는 아이부터 SNS에 간단한 한 줄의 문장을 멋지게 남기고 싶은 아이들까지.

생각을 표현하는 것이 쉬운 일은 아니라서, SNS에서 어떤 사람은 다른 이의 글을 공유만 하기도 한다. 또 어떠한 설명 한 줄 없이 사진만 올려두는 사람도 있다. 사진이나 영상에 적절한 글을 적으려면 어떤 식이면 좋을까? 마음에 드는 사진을 찍었는데 달랑 사진만 올리기 뭣한데 말이다. 멋진 사진에 더하여 어떤 형태든 글로 자신의 감상이나 생각을 남기면 완성도가 높아진다. 문장을 완성하는 것이 도무지 힘들다면 키워드를 붙이는 방법을 권한다.

책이 있는 사진에 '#○○○도서관 #무라카미하루키 #노르웨이숲 #읽어보고싶은책 #대출' 이런 식으로 사진에 대한 내용을 키워드 형식으로 남겨도 충분하다. 책을 읽고 주제에 따른 키워드를 뽑아 적는 것처럼 사진을 설명해줄 수 있는 키워드만 몇 개 나열한다. 음식 사진이라면 음식 이름, 식당 이름, 맛에 대한 평가, 같이 식사를 한 사람 이름도 넣을 수 있다. 실제로 글 쓸 여유가 없어서 키워드만 남겨놓는 경우가 있다. 생각나는 대로 계속 입력하면 점점 키워드가 늘어나 몇 줄씩 되기도 한다. 키워드가 풍부하면 점차 문장을 쓰기 쉬워진다. 키워드를 무엇으로 적을지 곰곰이 생각하는 건 어떻게 쓸

지를 고민하는 것과 같다. 글쓰기의 핵심인 주제 요약하기라 할 수 있다.

선물받은 사탕 사진 한 장에 어울리는 글을 키워드 형식으로 남긴다면, '#OO이가준선물 #사탕 #달콤한마음 #고마워 #OO데이' 마라탕을 먹으며 찍은 사진에는, '#마라탕 #홍대OOO #지윤이랑점심 #불맛추가'

키워드를 하나씩 쓰다 보면 키워드만으로 문장의 효과를 낼 수 있다. 이 방법이 충분히 익숙해지면 키워드를 연결해 문장으로 표현할 수 있다. 키워드 쓰기는 부담 없는 글쓰기의 좋은 훈련 방법이다.

☕ SNS에 무엇을 써야 할지 막막할 때는 키워드로 접근해도 좋습니다.

좋아하는 것들에 대하여 쓴다

> "글쓰기를 시작할 때까지는 그것을 통해
> 무엇을 터득하게 될지 알 수 없다. 당신은 글쓰기를 통해
> 그런 것이 있는 줄도 알지 못했던 진실들을 알아차리게 된다."
>
> – 애니타 부르크너

"뭘 써야 할지 모르겠어요.", "뭘 써야 할까요?" "뭘 쓰면 좋을까요?"

대부분의 사람들이 글쓰기에서 가장 많이 하는 말이다. 글쓰기 수업에서 어린이, 청소년, 성인 상관없이 그 어디를 가더라도 듣게 되는 말이다.

"뭔가를 쓰고 싶은데 생각나는 게 없다면 좋아하는 걸 써보세요. 시간 날 때 내가 하는 거나 좋아하는 연예인, 드라마나 영화, 책, 취미, 먹는 거, 날씨, 계절, 색깔 등 얼마나 될지는 모르지만 하나씩 한번 적어볼까요? 먼저 열 개를 생각해

보세요. 그리고 더 생각나면 스무 개를 적어보세요."

그러면 다들 곰곰이 생각하며 자신이 좋아하는 걸 하나씩 적기 시작한다.

"내가 좋아하는 게 이렇게 많았다니. 정말 몰랐어요."

다 쓰고 나면 이런 말도 듣는다. 뭘 좋아하는지 적어보는 것만으로도 나를 다시 알게 된다. 꼭 한번 정리해 보고 싶었다던 전미경 샘의 "내가 좋아하는 것"이라는 제목의 글이다.

> "노을빛, 전구색, 서울, 강원도, 헌책, 비, 눈, 안개 자욱한 등굣길, 영화 음악, 시, 산, 개울, 백색소음, 미술관, 성경책, 참고서, 사용설명서, 명언(살게 하는 지혜, 살 수 있는 힘), 꽃, 커피, 향기, 색깔(질감), 슬픔, 눈물, 해소, 기도, 찬양, 약초(인동이 달맞이)
>
> 내가 좋아하는 것 스무 가지 쓰기를 통해 내가 좋아하던 것을 떠올리니 '아, 나는 이런 사람이구나.' '이런 사람이었구나.' '나는 그럼 이렇게 살아야 하는 거였구나.' '나한테는 이러이러한 장점이 있구나.' '그러한 힘이 있구나.' 깨닫게 되었다. 예전의 나의 힘을 찾고 해소하고 정화되고 순화되는 이런 시간을 통해 예전의 나의 힘을 찾아가야 한다.
>
> 내가 좋아하는 것들을 생각하고 떠올리며 정리하는 일이 꼭

필요했었다. 꼭 해보리라고 결심했던 것이었는데 드디어 정리
했다. 나를 알기 위해, 나를 찾기 위해, 나를 믿기 위해, 나에
대해 좋은 느낌을 갖기 위해. 추억한다. 기억한다. 생각이 떠
오른다."

그림책의 거장, 앤서니 브라운의 『내가 좋아하는 것』이란
책이 있다. 한 면에 한 가지 그림과 한 가지 멘트가 나온다. 원
숭이 같기도 하고 침팬지 같기도 한 주인공이 '나를 소개한다'
며 자신이 좋아하는 것들을 하나씩 나열한다. 주인공이 좋아
하는 건 아주 단순하다. 그림그리기, 자전거 타기와 같은 것들
이다. 지극히 평범하고 특별할 게 없는데도 아주 간명한 한 권
의 그림책이 되었다.

글쓰기가 어렵다고 말하는 사람들이 많다. 자신이 없다
면 먼저, 좋아하는 것들을 써보도록 한다. '내가 좋아하는 것
들'을 하나씩 떠올려 쓰는 거다. 좋아하는 게 별로 없다면 생
각나는 대로 몇 가지만이라도 적는다.

– 내가 좋아하는 건 커피, 빵, 걷기, 강아지, 노래, 꽃, 식
물 키우기.

이런 식으로 우선 생각나는 대로 나열한다. 다음은 좀더
구체적으로 하나에 대한 부연설명을 한 문장씩 적는다. 한 문

장을 쓰면 뒤에 쓸 말도 생각나는 대로 적어본다.

"내가 좋아하는 건 커피. 커피는 늘어진 나를 환기시켜 준다. 아침에 눈 뜨면 제일 먼저 생각난다. 나는 커피 홀릭이다. 아침은 못 먹어도 출근할 때 꼭 커피를 사서 사무실로 들어간다. 이건 나의 루틴이다. 아침뿐만 아니라 식사 후나 나른한 오후에도 어김없이 찾게 된다. 졸음을 떨칠 때, 누군가와 이야기 나눌 때, 집중이 필요할 때 등 커피는 언제나 나의 생활에서 함께한다."

좋아하는 걸 하나씩 꺼냈을 뿐인데 여러 문장이 뒤따라온다. 좋아하는 걸로 글쓰기를 할 때는 막연하게 지어서 쓰는 게 아니니까 훨씬 자연스럽고 편한 글이 나온다. 좋아하는 것의 리스트에 노을을 썼던 한 참가자는 조금 시간을 주자 이내 다음과 같이 자연스럽고 훌륭한 글을 썼다.

"저는 노을을 좋아해요. 해가 지는 시각이 되면 사람들은 어디론가 다 돌아가죠. 하늘에선 하루의 마무리를 할 시간이라고 알려주며 오늘 하루도 잘 살았다고 무한정 응원의 말을 해주는 것 같아요. 붉게 물드는 하늘로 말이죠. 석양을 바라보며 아름답다고 느끼는 건 많은 사람들의 공통점일 거예요. 문득 길 위에서 노을을 만날 때는 하루의 위로를 담뿍 받는 것 같아요. 혼자 보는 노을이나 바다에서 바라보는 노을도 멋지지만 사랑하는 사람과 함께일 때 그 아름다움이 더욱 깊이 느껴져요."

 좋아하는 것들의 목록을 쓸 수 있는 만큼 써보세요.

경험은 가장 좋은 재료

"길거리의 돌.
누군가는 그것을 걸림돌이라고 하고,
누군가는 그것을 디딤돌이라고 한다."
– 토머스 칼라일

나는 여행지에서 돌멩이를 가끔 주워오곤 한다. 늘 그런 건 아니지만 돌에 장소와 날짜를 적어 두기도 한다. 집에는 돌만 모아둔 상자며 선반이 있다. 돌멩이들은 모양이나 색이 다 달라서 예쁘고 개성이 있다. 한번은 군산에 갔다가 우연히 숫자가 그려진 돌멩이를 만났다. 수석을 취미로 하시는 분께 얘기 했더니 숫자 적힌 돌을 모으기도 한다고 하셨다. 그밖에도 지형의 형상을 띤 돌, 사람의 얼굴이나 동물의 모습과 닮은 돌 등 각양각색의 특징을 지닌 돌들이 있다.

여름에 몽돌해수욕장에 갔다가 수도 없이 깔린 돌멩이들

을 보며 걷고 있었다. 몇 개를 손바닥에 올려 사진을 찍고 집에 돌아와 동시를 지었다. 그 이후에 그 동시를 본 분이 노래로 만들어 주었다. 발랄한 리듬이라 귀에 쏙쏙 들어왔다. 시는 못 외워도 노래는 금세 외워져서 동시 강연장에서 많이 부른다.

"가만있는 것 같지만 실은 아니지.
동그랗다고 하지만 실은 아니지.
나는 표정도 있고 소리도 낼 줄 알아.
사연이 없을 것 같지만 실은 아니지.
바람에 끄떡 않고 비에 젖은 날에도
원하는 모양을 갖기 위해
햇빛을 기다렸어.
너는 뭐가 되고 싶어?"

– 「바닷가 돌멩이」

돌멩이를 그려보라고 하면 대부분의 사람들은 동그랗게 그린다. 하지만 돌멩이가 다 동그랗게 생긴 건 아니다. 네모난 것, 세모난 것, 길쭉한 것, 두꺼운 것, 얇은 것 등 모양이 다 제 각각이다. 똑같이 생긴 걸 찾기란 아주 어려운 일이다. 그럼에도 사람들은 돌멩이를 동그랗게 그리고 회색이나 검정 빛깔로 칠한다. 우리의 편견이 이렇게 두텁다.

아이들에게 돌멩이를 그려보라고 하면 다채로운 빛깔의 다양한 돌멩이가 나온다. 밖에서 다 같이 돌멩이를 주워와 돌멩이에 그림을 그리기도 한다. 돌멩이 도시락을 싸기도 하고 돌멩이마다 다른 세계가 펼쳐진 화폭이 되고 이야기가 되어 세상에 하나밖에 없는 작품이 된다.

우리 동네에 현욱이라는 아이는 길에서 주운 돌멩이 하나를 주머니에 넣고 다닌다. 그 돌멩이에 이름도 붙여주었다. 그 돌은 현욱이의 애완 돌멩이가 되어 늘 현욱이의 호주머니 안에서 함께 다녔다. 그 모습이 사랑스럽고 아이다워서 동시로 써보기도 했다. 현욱이와 돌멩이를 토닥여 주고픈 마음이었다.

어떤 사람은 돌멩이를 수집해 관상용으로 전시를 한다. 모든 사람들이 다 돌멩이를 지긋이 들여다보는 것은 아니다. 내가 숫자 돌멩이를 보고 놀란 이후로 수석 하시는 분들을 이해하게 된 것처럼 직접 겪어본 경험이 무엇보다 중요하다. 나처럼 여행지의 의미를 담아 돌멩이를 한 두 개 모으는 사람도 있을 거고 조각을 하거나 어떤 부속물로 쓸 수도 있다. 흔하고 흔한 돌멩이의 쓰임이 참 다양하다.

세상에 하찮은 건 없다. 그냥 온 것도 없다. 모든 것이 그냥 일어나는 일은 없으니 돌멩이가 바닷가에 있게 된 것도 다 이유가 있을 거라 생각했다. 제각각 다른 돌멩이들은 어디서 생겨났을까? 바다에서 태어나진 않았을 텐데, 어디서 멀리 바다까지 오게 된 것일까, 라는 물음에서 출발해 돌멩이들의 '꿈'이라는 주제를 담아 동시를 쓴 후 짧은 동화도 썼다. 내가 본 걸로 이야기를 지었으니 돌멩이를 모으는 것 이상으로 즐겁고 의미 있는 일이 되었다. 바닷가에서 본 돌멩이는 한번 보고 지나치는 흔한 돌멩이가 아닌 항상 내 곁에서 꺼내면 볼 수 있는 이야기 속 주인공이 되었다.

　모든 글은 경험에서부터 온다. 나의 경험과 주위에서 얻은 경험이 내게로 온 순간 그 속에 담긴 무채색의 빛깔이 또 다른 빛깔로 입혀진다. 그냥 돌멩이라고 부르지만 사실 하나하나의 돌멩이는 모두 생김도 빛깔도 다르다. 우리 각자의 경험도 그러하다.

 내가 겪은 일과 본 것으로 글을 써봅니다.

좋아하는 것을 더 구체적으로

"글쓰기는 목적지에 대한 것이 아니다.
글쓰기는 영혼을 바꾸고
다른 모든 것에 의미를 부여하는 여행이다."
– 수 그래프턴

나는 나무를 좋아한다. 언젠가는 나무 이야기를 쓰고 싶은 소망이 있다. 지금은 억지로 붙잡고 쓰려 하지 않고 바람만 품고 있을 뿐이다. 언젠가 불어오는 바람처럼 자연적으로 나의 바람이 뿌리를 내리고 시나브로 사방으로 뻗어나갈 때가 있으리라 믿으며 기다리고 있는지도 모른다. 지금은 굳이 쓰지 않고 곁에 있는 나무들을 바라보는 것으로도 족하다.

좋아하는 것에 대해 써보기 시작했다면 다음에는 그 좋아하는 대상을 더 깊게 고찰해서 써본다. 나무를 좋아하는 나는 내가 애착을 지닌 나무 하나씩 이름을 거론하며 글을 써보곤 했다. 커다란 탱자나무를 보고 새로 돋은 연한 가지와 가시, 탱자꽃에 대해 쓴 적이 있고, 「자작나무 아래에서」라는 시를 쓴 적도 있다. 탈 때 나는 소리로 이름 지어진 자작나무를 좋아하는 탓도 있거니와 멀리가지 않고 동네에서도 흔히 볼 수 있는 나무가 되었기 때문이었다. 나무의 본성과 나무를 바라보며 갖게 되는 상념들을 삶에 빗대어 썼다. 모든 글이 그러하듯 내 가치관이 담겼다.

자작나무 아래에서

나무이고 싶다.
한 자리에서 오랜 세월
바람이 들려주는 세상 얘기에도
아랑곳하지 않고 흘려버리는
나무이고 싶다.

비가 오면 온몸 적시고
눈이 오면 눈을 인 채로
잠자코 이로에 서서
봄을 맞이할 준비를 하는

나무이고 싶다.

정해진 대로 조용히
그 자리에서 노래하듯 봄을 내어주는
나무이고 싶다.

구름 따라 지나가 버리는 것들도
언젠가 다시 제자리로 돌아올 것을 아는
나무이고 싶다.

잠시 쉬었다가는 새들과
벌과 거미와 벌레들이
드나드는 바람과 햇살에 온전하며
그 빛깔에 물들고 지는
나무이고 싶다.

　나는 나무를 좋아하는 까닭에 나무 관련 책들도 좋아하는데 장 지오노의 『나무를 심은 사람』이나 정하섭의 『나무는 알고 있지』와 김선남의 『다 같은 나무인 줄 알았어』는 특히 더 좋다. 장 지오노 작가의 책은 오랜 세월 실제 나무를 심은 한 사람의 이야기를 바탕으로 만들어졌다. 매일 나뭇잎과 나무를 그린 김선남 작가가 나무 그림책을 낼 수 있었던 건 오랜 기간 동안 바라는 마음이 있었기 때문일 것이다. 나무에 대한 특성을 간결하고 시적으로 표현한 정하섭 작가의 글도 마찬가지로 오랫동안 나무를 좋아하는 마음에서 비롯되었다.

내가 자작나무 시를 쓰고 나무에 대한 다른 글도 쓰고 싶어 하는 것처럼 가슴속에 품고 있는 하나에 대해 오랜 바람을 품는다면 언젠가는 그 바람에 가닿을 수 있지 않을까. 쓰는 것보다 우선시 되어야 하는 건 오랜 마음일지도 모른다. 한 번에 울창해진 나무가 없듯이 한 잎, 한 잎의 잎사귀를 틔우기 위해 기다리고 바라보며 향한다.

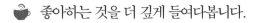 좋아하는 것을 더 깊게 들여다봅니다.

꾸준히 하는 일

"글쓰기를 통해 당신이 생각하고 있는
진실을 깨닫게 된다."
– 애니타 브루크너

책방을 하며 타로 상담을 하는 분이 있다. 책을 좋아하니 어느 날 자기만의 공간으로 책방을 열었고 얼마 후엔 타로를 배운다고 했다. 취미나 재미로 하더니 어느새 자격증을 따고 주위 사람들에게 타로점을 봐주기 시작했다. 이윽고 타로 상담실까지 따로 열고 꾸준히 타로로 사람들과의 상담을 기록하더니 책을 출간하기에 이르렀다. 그 과정을 다 지켜본 나로서는 관심 가는 일을 찾고 꾸준히 하는 행위가 어떠한 결과를 가져오는지 선명하게 알게 되었다. 재밌어서 계속 한 일이 결국 이뤄낸 훌륭한 성과였다. 몇 년간의 공들인 시간들이 책 한 권에 담긴다는 건 대단한 일이다. 뭐든 지속되는 것들에는 훌륭한 마무리가 나타난다는 걸 보여주어 경탄했다.

책방 샘이 타로를 하면서 깨달은 점과 어떻게 꾸준히 하게 되었는지 알려주었다.

"타로카드의 숫자와 그림은 일관성 있게 상징을 이야기하며, 현대과학은 설명하지 못하는 우주의 비밀이 들어 있어요. 사는 게 별거 아니라고, 욕심내지 않아도 되고 원하는 일을 따라가다 보면 언젠가 너만의 별을 찾게 될 거라고 얘기해 주고 싶었어요. 저도 타로를 하면서 내 별을 찾은 것 같아요."

홍대 앞이나 사람들이 많은 곳에 가면 타로점을 보는 곳들이 보인다. 한때 대유행이었는지 거리마다 즐비한 곳도 있다. 사실 나는 타로점에 회의적이었다. 그날 어떤 카드를 뽑느냐에 따라 해석이 달라진다는 점 때문에 그랬다. 그런데 한번은 정말 신기하게도 내가 생각하고 있던 커다란 이슈가 내가 뽑은 타로카드에 고스란히 반영된 타로 풀이를 들었다. 해석해 주는 사람이 나의 상황에 대해 잘 모르는 데도 훤히 꿰뚫고 있듯 내 상황을 얘기해서 놀랐다. 이래서 사람들이 타로를 하는구나, 실감했고 만약 다른 카드를 뽑았어도 비슷한 결과가 나왔을까 궁금하기도 했다. 더불어 타로를 몇 년간 공부하고 상담하며 명상하듯 글을 쓰는 이유를 자연스레 알게 되었다.

많은 날들을 살아오며 알게 된 건 일생을 거창하게 볼 필요가 없다는 점이다. 자연스럽게 물 흘러가듯 살고 싶어졌고 일상의 즐거움이 인생 그 자체란 걸, 순간이 삶이라는 걸 깨달았다. 그날의 고민과 상황에 따른 생각들을 타로카드로 점치며 마음을 점검하는 것처럼 내 마음의 갈피를 잡는 데에 있어 기록만큼 좋은 것도 없다.

많은 사람을 만나 타로카드로 점괘를 봐주고 인생의 다양한 모습을 남긴 책방 샘처럼 좋아서 꾸준히 한 일이 있는지 돌아보고 조금씩 글로 남겨본다. 점을 찍듯 하나씩 남긴 글이 모여 마침내 선이 되어 어디론가 뻗어나갈 테니까.

 당신이 꾸준히 하는 일은 무엇인가요?

행복에 대한 행복한 글쓰기

"어리석은 사람은 멀리서 행복을 찾고,
현명한 사람은 자신의 발치에서 행복을 키워간다."

– 제임스 오펜하임

'행복'이라는 주제로 글을 쓴 적이 있다. 코로나19 시대에 서로가 서로를 경계하며 거리를 둬야 해서 많은 것들이 제약되었을 때 쓴 글이다. 말하자면 '소확행'에 대한 이야기다.

'소확행'은 '작지만 확실하게 실현 가능한 행복 또는 그러한 행복을 추구하는 삶의 경향'을 말한다. 행복은 강도가 아니라 빈도라는 말이 있듯이 바쁜 일상에서 느끼는 부분적이고 작은 것들에서 오는 행복이 얼마나 소중한지 다시금 깨닫게 되면서 모두가 공감하는 주제가 되었다.

내가 쓴 '행복'이란 글은 행복이란 무엇인지에 대한 질문으로 출발하여 왜 사람들이 행복하라고 하는지, 나는 언제 행복한지에 대해서 쓴 글이다. 내가 행복하다 느끼는 때는 다른 사람들에게도 비슷하게 여겨지는 항목들이 많다. 세세하게 나열하자면 아주 많은 항목을 쓸 수 있다.

글쓰기 강의에 온 분들에게 '행복'이라고 생각되는 것들을 하나씩 써보라고 했다. 나는 코로나 기간 동안 그림을 자주 그리곤 했는데 그림을 그릴 때 마음이 편안해진다는 걸 알게 되었다. 잘 그리든 못 그리든 편안한 마음 상태로 무언가한다는 게 바로 행복이란 걸 깨닫게 되었다고 말했다. 한 명씩 차례대로 하나씩 말하기 시작했고 아주 많은 것들이 나왔다. 그런 다음 노트에 천천히 써보았다.

추운 날 바깥에서 일을 마치고 들어와 보글보글 끓인 물로 유자차 한 잔 마주할 수 있는 것, 따듯한 방바닥에 몸 녹이며 쉴 수 있는 공간이 있다는 것, 하루가 저물 때 돌아올 곳이 있다는 것, 마음이 괴로울 때 찾아갈 곳이 있다는 것, 즐거운 일이 있을 때 함께 나눌 누군가가 있다는 것, 오늘 입은 옷이 꽤 어울린다는 말을 듣는 것, 내가 먹고 싶어 하던 요리를 사랑하는 사람과 함께 먹을 수 있는 것, 원하던 것을 얻게 되었을 때, 기념일이나 생일 같은 날 외롭지 않은 것, 비가 퍼붓는 날 비를 잘도 피해 하나도 맞지 않은 것, 바람이 거센 날 외투를 입은 것, 강아지가 내 옆에 와서 웅크리고 자는 것, 아이가 다가와 뽀뽀를 해주는 것, 버스가 빨리 와서 지루하게 기다리지 않고 쉽게 이동할 수 있었던 것 등 우리를 마음 놓게 하고 행복하게 하는 일들은 수두룩하다.

막상 한참 적고도 빼놓은 사항들이 많아서 내가 이렇게 행복하게 사는구나, 깨달을 수 있었다고 했다. 행복한 순간에 대해 글을 쓰다 보면 저절로 그 생각들로 행복해질 테고 꼭 행복에 대한 글이 아니더라도 혼자만의 생각을 정리하고 정신을 가다듬을 수 있어 평온해진다. 어떤 이들은 글을 쓰는 생각만으로도 행복해진다고 한다. 시작하는 마음, 글을 써서 행복하다고 하는 마음을 전서진 샘의 글에서 읽어 소개한다.

"글쓰기를 좋아하지만 사는 게 바빠서 글 쓸 여유가 없었다. 어쩌면 게을러서인지도 모르지만 이제부터 천천히 글을 써보려고 한다. 항상 빨리 걷고 자세히 보는 것도 잘하지 않던 나였지만 이제 글을 쓴다고 생각하니 괜히 설렌다.

오늘 글쓰기 강의 시간에 내가 행복한 걸 써봤는데 그동안 무심했던 내 생활에 대해 돌아보게 되었다. 글을 쓰고 싶다고 생각만 하다가 이렇게 시작할 수 있어서 행복하다. 글을 쓰려면 관심을 가지고 집중력을 발휘해 나와 내 주변의 보물을 찾으려고 노력해야 한다. 내 안의 수많은 이야기를 찾아내어 쓰는 것부터가 그 시작이 될 것이다. 내가 멈추지 않는다면 나의 존재, 타인의 삶에 숨겨진 이야기, 이 세상에 녹아있는 수많은 이야기를 찾아내 나만의 글을 쓰고, 재미있고 새로운 이야기를 만들어낼 수 있으리라 기대한다. 이런 기대만으로도 따스한 봄바람을 온몸으로 마주하듯이 행복하다."

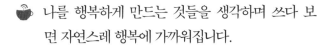 나를 행복하게 만드는 것들을 생각하며 쓰다 보면 자연스레 행복에 가까워집니다.

좋아하는 노랫말 쓰기

"음악의 언어는 무한하다.
여기에는 모든 것이 들어있고 모든 것을 설명할 수 있다."

– 오노레 드 발자크

　　좋아하는 노래를 듣다 보면 가사를 적어보곤 한다. 좋은 노래는 가사를 따라 쓰고 싶게끔 만든다. 적고 나선 가만 읽어보고, 정확하게 따라 불러 보고 싶어진다. 영화 <그 여자 작사 그 남자 작곡>의 OST 'Way Back Into Love'란 노래는 멜로디가 좋아서 노트에 옮겨 적고 한참을 반복해서 따라 불렀다. 영화 <시>의 OST인 '아네스의 노래'는 박기영의 음색이 마음에 들어 노트에 적고 내내 불러 외웠다. 이창동 감독이 직접 쓴 시였는데 영화에 감명을 깊게 받은 박기영이 시를 그대로 노래로 만든 곡으로 영화와 참 잘 어울리며 가수와도 잘 어울렸다. 어떤 날은 우연히 SNS에서 싸이의 '기댈 곳'이라는 노래를 처음 듣게 되었다.

"당신의 오늘 하루가 힘들진 않았나요. 나의 하루는 그저 그랬어요. / 괜찮은 척하기가 혹시 힘들었나요. 난 그저 그냥 버틸만했어요. / 솔직히 내 생각보다 세상은 독해요. 솔직히 난 생각보다 강하진 못해요. / 하지만 힘들다고 어리광 부릴 순 없네요. 버틸 거야. 견딜 거야. 괜찮을 거야. / 하지만 버틴다고 계속 버텨지지는 않네요. 그래요, 나 기댈 곳이 필요해요. / 그대여 나의 기댈 곳이 돼줘요."

노랫말의 일부이다. 처음 듣는 노래인데 단번에 끌렸다. 아침이었는데도 노래를 듣곤 눈시울이 금세 젖어들었고 코끝이 찡했다. 내가 알고 있던 싸이는 들썩이는 음악에 춤을 추는 가수였는데 이런 노래도 불렀다니, 신선한 충격이었다. 이 노래는 고된 하루에 위안을 주는 곡으로 누군가에게 기대고 싶어 하는 마음, 일상의 안부를 물으며 현대인의 고달픔을 노래하고 있다. 외롭지 않게, 힘들지 않게 기댈 수 있는 누군가가 있으면 좋겠고, 마음 기댈 곳 없는 이에게 어깨를 내어주는 사람이고 싶단 생각을 하게 한다. 위로를 받게 되니 이런 따뜻한 글도 쓰고 싶어진다.

노래 가사만 옮겨 적어도 충분한 글쓰기 시간이 된다. 노래는 곡마다 주제가 있고 사연이 담겨 있다. 실제로 나는 다양한 음악을 듣고 글을 여러 편 썼다. 아델의 'Someone like you'를 듣고 가수를 찾아보고 가사를 이해한 다음 노래를 바탕으로 가수의 이야기를 시로 쓰기도 했다. 습작 시절에는 클래식이나 연주곡을 듣고 음악 관련 시를 쓰기도 했다.

노래는 우리에게 없어서는 안 될 요소이다. 노래에 담긴 인생과 삶의 철학, 사랑과 위로, 희망의 말들에 귀 기울이면서 옮겨 쓰고 싶은 노랫말을 적어 본다. 노랫말을 옮겨 적다 보면 마음은 한층 안정되고 시간도 노래처럼 흘러간다. 노래와 글의 매력이자 공통점이다.

☕ 글쓰기는 좋아하는 노랫말을 옮겨 적는 것과 다르지 않아요.

불편하거나 싫어하는 일을 쓴다

"누구에게도 말 못 할 감정을
떨쳐 내게 해준 것은 언어였다."
– 엘레나 페란테

    나는 언니와 오빠가 있다. 언니는 다섯 살 위이고 오빠는
두 살 위라서 어릴 땐 주로 오빠랑 놀았다. 딱지치기, 구슬치
기, 땅따먹기, 탁구, 축구 등 온갖 놀이를 오빠와 함께하곤 했
다. 반면 언니를 생각하면 항상 굳어 있거나 근엄한 얼굴이 떠
오른다. 언니는 늘 동생들에게 뭔가를 시키고 직설적인 말투
였다. 어릴 때 내가 말을 안 들었는지 언니가 가위를 던진 적
이 있었다. 언니의 성격을 단번에 말해 주는 일화기도 하다.
어릴 때부터 나는 언니가 자꾸 뭔가를 시키면 불만이었다. 지
금도 누군가 자신이 해도 되는 일을 남에게 시키는 사람을 보

면 가만있지 않고 말하는 편이다. 잔소리하는 사람에게도 똑같다. 잔소리보단 직접 하는 게 더 나아 보이는데, 굳이 서로 감정만 상할 말은 안 하느니만 못하다.

　마음에 안 드는 부분을 말로 하거나 행동으로 개선시킬 수 있다면 좋겠지만 그렇지 못한 경우도 많다. 말하기 어려운 자리도 있고 싫은 말을 꺼내지 못하는 경우도 있다. 누구나 마음에 담아둔 말을 다 하고 살지는 못한다. 그럴 땐 가슴에 담아두고 혼자 끙끙대지 말고 내 마음을 불편하게 하는 걸 써본다. 괴롭히는 사람에 대해선 욕을 속 시원하게 적고 마음에 걸려있는 문제가 있다면 실타래를 한 올씩 잡아당겨 보면서 엉켜있는 마음을 잘 풀어본다. 안 좋은 일이 생겨 마음이 힘들 때, 불안할 때, 마음이 괴로울 때도 글로 적어본다. 마음속에 있는 우울이나 슬픔을 옆에 앉혀두곤 차 한 잔 건네며 말을 붙여보는 거다. 자신을 괴롭히는 것에 대해 적다 보면 쓰기 전과 쓴 후의 마음의 무게가 달라져 있음을 느끼게 된다.

　에세이 쓰기 수업에서 만난 박은선 샘은 육아휴직 중인 고등학교 미술 선생님이었다. 휴직 기간 동안 새로 시작한 글쓰기를 하면서 달라진 점을 글로 남겼다.

"지난달에 영어 모임을 할 때 한 분께서 아침마다 매일 의식의

흐름대로 3쪽씩 글을 쓰는 '모닝 페이지'를 해보라고 권해 주셨다. 매일 그림을 그리고 있는 나는 글쓰기는 생각지도 않았는데 바로 실천해 보았다. 별것 아닌 것 같았는데 놀라운 일이 벌어졌다. 모닝 페이지를 쓰기 전날 매우 기분 안 좋은 일이 있었다. 다음 날 나는 노트에 온갖 화를 적었다. 분노와 섭섭함을 넘어 억울하기까지 한 내 심정을 썼다. 마음을 어지럽히고 불편하게 하는 것들을 모조리 적었는데 그러고 나서 그날 하루 종일 아무렇지 않은 감정으로 지냈다. 다음날은 화가 가라앉고 편안해졌으며 또 다음날은 나를 반성하게 되고 내가 어떻게 해야 할지 담담히 다짐을 적었다. 글을 쓰면서 내 마음은 점진적으로 나아졌다. 글쓰기의 효과가 이런 걸까? 놀랍게도 나는 글쓰기로 치유되고 있었다."

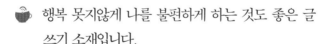 행복 못지않게 나를 불편하게 하는 것도 좋은 글쓰기 소재입니다.

마음에 스민 문장

"나는 항상 두 개의 책을 가지고 다닌다.
하나는 읽을 책, 하나는 쓸 책."

– 로버트 루이스 스티븐슨

책을 읽다 보면 마음에 와 닿는 문장을 만날 때가 있다. 마치 내 마음을 어루만져 주는 것만 같은 문장을 만나면 한 줄 앞에서 서성이게 된다. 좋아하는 사람과는 닮는다는 말처럼 좋은 문장을 만나면 그 문장과 닮고 싶어진다. 그 문장을 지긋이 바라보며 가슴에 담을 뿐만 아니라 닮은 표현을 하고 싶다. 사람과의 관계처럼 문장과의 관계도 마음을 얼마나 기울이느냐에 따라 달라지는 것만 같아서 책을 읽다가 와 닿은 문장이 있으면 적어보기도 하고 거듭해서 읽어보며 가슴에 담는다.

나는 사람들을 만날 때나 일을 할 때 한 가지 염두에 두는 것이 있다. 오로지 '함께하는 순간 즐겁기를' 이다. 무엇을 해도 행복한 시간이 되려면 그 시간이 즐거워야 한다. 즐겁기 위해 마음을 온전히 모은다. 내가 잘 모르는 것과 못하는 부분을 메우기 위해 노력하면서 최선의 준비를 하고 기다린다. 온통 모르는 것들로 가득해 답답할지라도, 누군가 힘든 과업을 줄지라도 혼자 고요히 집중한다.

살아가는 일은 어제에 이은 오늘의 연장선이자 새로운 시간이기도 하다. 새로운 오늘을 살며 모든 면에서 어제와 달리 또 조금씩 마음을 보태며 살아간다.

어느 날 책방에서 우연히 내 마음을 고스란히 적어놓은 문장을 만나게 되었다. 우리나라에선 『인간실격』으로 유명한 일본 소설가, 다자이 오사무의 『내 마음의 문장들』이란 책에 들어 있는 글이다.

"문학에서 가장 중요한 것은 '마음을 다하는 것'이다. '마음을 다하는 것'이라고 하면 여러분들은 이해하지 못할지도 모르겠다. 하지만 그냥 '친절'이라고 말해 버리면 아무 맛도 나지 않는다. 마음가짐, 마음씨, 마음씀씀이. 그렇게 말해도 여전히 딱 와 닿지는 않는다. 다시 말해, '마음을 다한다는 것'

이다. 작가가 '마음 을 다한 것'이 독자에게 전해졌을 때, 문학의 영원성, 혹은 문학의 고마움이나 기쁨, 그런 것들이 비로소 성립한다고 생각한다."

– 다자이 오사무, 『내 마음의 문장들』 67쪽

이 글을 읽고 난 다음부터 내 소개를 하는 자리에선 늘 이 글의 첫 문장을 인용한다. 누구를 만나든, 어떤 일을 하든, 마음을 다하려는 사람. 나는 문학에서 가장 중요한 것이 마음을 다하는 것이라 믿는다. 뿐만 아니라 매순간 어떤 일을 하든, 누구를 만나든 마음을 다한다. 책을 읽다가 한순간 마음에 스미는 문장을 만나면 꼭 가슴에 담아둔다. 나를 다독일 뿐 아니라 언제든 꺼내 유용하게 쓰는 재료이다.

🍵 마음에 드는 문장이 있을 때 메모해 놓고 자주 들여다보세요.

머무른 곳, 가고 싶은 곳

"무엇이든 글쓰기부터 시작하라.
물은 수도꼭지가 켜질 때까지 흐르지 않는다."
– 루이스 라무르

　현대인들에게 나만의 휴식공간을 찾는 현상으로 불리는 '케렌시아'라는 말이 있다. 지친 몸과 마음을 달래고 쉴 수 있는 나만의 공간을 일컫는 말이다. 휴식과 함께 문화적인 삶을 누리고자 함께 추구하게 된 것이 '여행과' '힐링'이다. 바쁜 일상에서 벗어나 여유와 쉼을 갖는 것이 삶의 질을 높인다. 여행 외에도 공연을 보거나 문화적인 시간을 만들어 일과 일상에서 벗어나 쉼의 시간을 채운다. 힐링의 여유로운 시간 속에서 우리가 할 수 있는 것 중 삶의 질을 높이는 일이 또 있다. 바로 글쓰기이다. '나다움'을 찾고 지키기 위한 시간은 여유를 갖게 하면서 쉼이 되는 시간이기도 하다. 이상향인 어딘가로 떠나는 것도 멋진 일이지만 한 자리에서 다른 일을 제쳐두고 글을 쓰며 보내는 시간도 케렌시아를 제공한다.

내가 졸업한 고등학교에 후배들을 만나러 간 적이 있다. 초대해 주신 교장 선생님께 인사드리러 들렀더니 두툼한 책 한 권을 주신다. 학교 주변의 동네 건물들을 하나씩 드로잉하고 그림에 대한 간단한 산문을 담아 엮은 책이었다. 학생들이 미술 시간에 그림을 그리고 완성된 그림에 글을 적었는데 한 권으로 엮으니 제법 근사한 작품집이 되었다. 드로잉과 글이 어우러진 에세이도 요즘 꽤 나오고 있는데 언젠가는 학생들 중 그런 책을 내는 작가가 나올 것 같았다. 여고시절의 아이들이 먼 훗날 함께 만든 그 책을 본다면 얼마나 애틋하고 그리워질까.

사람들은 예전에 자신이 살았던 곳에 대한 추억을 많이 회상한다. 글이나 그림으로 남기기도 하는데 어릴 때의 집, 이사 가기 전의 집, 결혼하기 전의 집 등을 표현하면서 그 시간들을 그리워하고 추억하곤 한다. 실제로 그림이나 글쓰기 모임에 참가한 분들을 보면 예전에 살았던 집에 대한 글이나 그림을 그리는 분들이 꼭 계신다. 그림에는 한 장면밖에 못 담지만 글에는 추억을 그대로 다 담을 수 있다. 인물, 사연, 다양한 서사 등.

"엄마의 말에 의하면 군 하사관이었던 아버지 때문에 양평, 연천, 포천 등지를 일 년이 멀다고 이사를 다녔다고 한다. 사과 궤짝 하나로 시작한 살림이 하나둘 늘고 자식들은 이미 학교에 들어가서 한 자리에 정착해야겠다 싶어 지금의 전곡리에 첫 집을 짓게 되었다고 한다. 첫 집치고는 훌륭했다. 넓은 마당, 지붕이 삼각형 박공 모양의 시멘트 기와로 된 이층 양옥이었다. 그날의 감격을 나도 어슴푸레 기억한다. 그 동네는 직업군인들이 모여 사는 동네였는데 하사, 중사, 상사 등 하사관 직업 군인들을 위한 단독주택단지였다. 윗집은 김 상사네 아랫집은 이 상사네였다."

글쓰기 모임에서 옛 집에 얽힌 추억을 떠올리며 이미숙 샘이 쓴 글이다. 모임 초기, 빈 노트를 앞에 놓고 막막한 표정을 지으며 "도대체 어떻게 써야 할지 너무 막연해요." 하소연을 하기에 '우선은 추상적인 상념을 쓰려 하지 말고 구체적인 걸 써보라고 말했다. 가령 추억이 생생한 공간, 옛날 살던 집을 떠올리며 배경 및 환경, 사람들을 생각해 보라고 했다. 그러자 처음 지은 집에 아직 살고 계신 부모님과 첫사랑의 얼굴을 힐끗거리며 보았던 집, 단짝 친구가 된 동네 친구의 이름도 글 안에 담겼다. 어린 시절의 집과 가족, 집 앞의 풍경, 풍경 안에 든 사람들과 소리, 냄새까지 모두 소환되었다.

지금 살고 있는 곳에서 과거의 내가 살았던 곳을 그리며 써보고, 내가 가고 싶은 곳을 또 문장으로 적으면 공간에 깃든 사연을 만나게 된다. 물건 하나에도 이야기가 담기듯 공간에 따른 서사가 마치 소설처럼 펼쳐진다. 글쓰기가 막막하다 싶을수록 구체적인 시간, 공간에 관해 쓴다.

☕ 구체적인 공간에 대해 세세하게 떠올리며 써보세요.

나를 나타내는 말들

"글을 쓸 때에는 모든 것을 내려놓아라.
당신의 내면을 표현하기 위해 단순한 단어들로
단순하게 시작하려고 노력하라."
– 나탈리 골드버그

법정스님은 "우리 인생에서 참으로 소중한 것은 어떤 사회적인 지위나 신분, 소유물이 아니라 우리들 자신이 누구인지를 아는 일"이라고 했다. 자신이 누구인지를 아는 일은 죽는 그 순간까지 이어지는 과제일 수도 있다. 자신이 누구인지를 잘 알려면 나를 돌아보는 시간이 필요하다. 돌아본다는 건 현재 있는 위치에서 과거와 함께 삶의 지향점도 바라보는 것일 테다.

어쩌다 처음 보는 사람들 앞에서 자기소개를 할 때가 있다. 나의 이름부터 사는 곳이나 하는 일, 취미나 특기 같은 걸 말해야 하는데 막연하고 당황스러울 때가 있다. 자신이 누구인지 알리는 일이다. 나를 모르는 사람들에게 나를 소개하고 알리기 위해선 어떻게 하면 좋을까?

좋은 방법으로는 단어로 먼저 정리해 보는 거다. 나와 관련된 것이나 내가 중요하게 생각하는 것들을 묶어 '나를 나타내는 말들'을 나열하는 것이다. 그 다음엔 그 말에 따른 부연 설명을 곁들여 소개를 하면 뒤늦게 말하지 못한 것에 대한 후회는 비교적 줄어들게 된다.

울산, 도시, 시골, 수원화성, 김밥, 떡볶이, 해산물, 바닷가,
산책, 자전거, 하늘, 비, 밤, 꿈, 도서관, 과학실, 영화, 여행, 평화

– 위의 박스 안에 든 말들을 이용해서 나를 소개해 본다면,

나는 울산이 고향이다. 울산은 공업도시로 알려졌지만 아름다운 바다와 산이 펼쳐진 수려한 곳이기도 하다. 어릴 때 우리 집은 빠듯한 살림이었고 부모님은 늘 바쁘셔서 나는 친척집에 많이 맡겨졌다. 그 덕분에 시골과 도시에서 두루두루 살아봤다. 지금은 수원에 살고 있는데 차를 타고 지나다 수원 화성의 성곽이 보이면 엄마의 품에 드는 것처럼 마음이 놓이고 포근하면서 편안해진다.

먹는 거라면 다 잘 먹는 편이지만 김밥이나 떡볶이 같은 분식을 좋아하고 해초류와 해삼, 멍게 같은 바다에서 나는 것들을 특히 좋아한다. 언젠가 바닷가 근처에서 살고 싶은 바람도 가지고 있다. 자전거 타기, 산책하기, 모든 것이 들뜨지 않고 차분해지는 비 오는 날, 꽃과 나무, 맑은 하늘을 가만히 응시하는 것을 좋아한다. 밤의 고요를 즐기며 산책 시간은 낮이건 밤이건 언제나 좋아한다. 그리고 오랫동안 책과 함께하는 일을 해왔고 어린이들의 말과 표정을 무척 좋아한다. 내가 싫어하는 것들은 기어 다니는 것들이다. 벌레를 가장 무서워해서 마주치면 항상 나도 모르게 비명을 지르기 일쑤다.

연극배우, 경찰, 선생님 등 어릴 때는 꿈이 아주 많았다. 자라면서 많이 사라지게 되었지만 과학이나 언어 계통을 좋아했고 시기마다 다르지만 책을 골고루 읽었다. 6학년 때 도서관과 과학실이 생기면서 매일 도서관을 들락거리며 책의 모험을 즐기고 과학실에서 실험도구를 보는 게 즐거웠다. 여행과 영화 보는 걸 좋아해서 한때는 비디오 대여점을 하고 싶어 한 적도 있었고 여행 작가를 꿈꾸기도 했었다. 지금은 흙에서 뭔가 솟아나오는 게 신비로워서 여러 식물을 키우고 있다.

오랫동안 고향에서 떨어진 곳에서 살다 보니 그리워하는 것들에 대한 글을 쓰기 시작했는데 모든 문학은 사랑을 기반으로 한다고 생각한다. 지금은 그 모든 것들의 평화를 소중히 여기며 시와 다양한 글을 쓰고 있다.

나를 나타내는 말들은 나를 소개하는 글의 기초자료이다. 나를 압축해서 보여주는 것과 다름없다. 단어를 뽑는 동안 과거의 나와 현재의 나, 미래의 나까지 상상하며 만나게 된다. 나는 어떤 사람이었는지, 어떻게 살아왔고 앞으론 어떻게 살고 싶은지 그려보게 된다. 이미 눈치를 챘겠지만, 글을 쓸 때 이처럼 주제를 나타내는 단어를 먼저 정리하고 글을 쓰면 글의 구체성이 살아나고 깜박 놓치고 넘어가는 것들을 사전에 막을 수 있다.

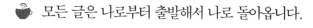 모든 글은 나로부터 출발해서 나로 돌아옵니다.

문득 찾아든 영감을 쓴다

"영감이란, 매일 일하는 것이다."

– 샤를 보들레르

바람 불고

하늘이 잔뜩 흐린 날

까치 한 마리

둥지를 짓는다.

나뭇가지 하나 올리고

휘이잉,

바람 한 단 쌓고

나뭇가지 하나 또 올리고
후두둑,
빗물 한 줄기 바른다.

비바람 불어도
끄떡 말라고

햇빛 없는 날
튼튼한 재료로
집을 짓는다.

　이 시는 바람 불고 흐린 날 까치가 쉴 새 없이 나뭇가지를 옮기며 둥지를 만든 모습을 보고 쓴 거다. 내가 직접 보지 않고 친구가 말해 주고 사진을 보내줬다. 궂은날 집을 만드는 건 비바람 몰아쳐도 더 튼튼한 집을 위해서란 메시지를 동시로 썼고 그 이후엔 산문으로도 썼다.
　친구와 통화를 하는데 사무실 창가 옆 나무에 둥지가 있다며 놀랐다. 꼬리 깃털이 기다란 새가 몇 번 왔다 갔다 하는 걸 보았을 뿐인데 언제 둥지를 만들었는지 모르겠다며 신기해했다. 통화를 끊고 사진을 보내왔다. 황량한 겨울의 둥지

사진을 보니 억척스러운 환경에서도 살아남아 생을 이어 가는 모든 살아 있는 존재들이 위대해 보인다. 삶은 어떤 환경에서도 포기하지 않는 기적을 보여준다. 동물과 식물이 살아남기 위해 취하는 모든 행위는 실로 놀랍고 신기할 따름이다. 어느 하나 대충 하루를 살거나 한순간을 아무 의미 없이 보내지 않는다.

까치둥지를 만든 까치네 가족들을 생각하니 알에서 깬 아기 새들이 언제쯤 날아가고 언제까지 가족과 함께 사는지도 궁금하다. 어디에서든 또다시 잘살고 있겠지만 언제나 새들을 볼 때면 언제나 궁금한 게 있다. 밤이면 도대체 어디에서 잠을 자는지, 다 자란 새의 집은 어디인지 궁금하다. 새들은 모두 어디서 와서 어디로 가는 것일까. 내가 궁금한 것들에 대한 해답이 될 만한 장면들을 만난다면 다시 또 거기서 받은 영감으로 뭔가를 쓰지 않을까.

어디서든 까치나 둥지를 흔하게 볼 수는 있지만 특별한 영감을 받아 쓴 적은 없었다. 사진 한 장과 친구가 들려준 이야기가 내게 신선한 자극과 깨달음을 주었다. 우리 동네에는 내게 언제나 신선한 영감을 주는 곳이 있다. 내가 가장 좋아하는 곳이기도 한데 바로 연못이 있는 공원이다. 물이 있는 곳에 가면 언제나 마음이 평온해진다. 연못이 있는 공원은 걷기에도 좋고 자연 관찰하기에도 훌륭한 곳이다. 머무르며 바라보고 있는데도 시간이 금세 간다. 가끔 가는 곳이면서 좋아하는 장소기도 해서일까. 그곳의 풍경에서 오는 영감으로 이야기를 지었다. 잉어나 오리가 한가로이 노닐고, 가끔 커다란 백로 같은 새들도 찾아 드는 곳. 산책하며 만나는 풀과 나무, 오리와 물고기 등은 나를 평화롭게 해줘서 나의 아지트라 여기는 곳이다. 연못의 바위에 붙은 분홍색의 우렁이 알들, 여름이면 피어나는 수련과 연꽃, 둥둥 떠 있는 연잎들, 몰려다니는 귀여운 아기오리들, 여기저기 발 닿는 곳마다 옹기종기 피어나는 꽃들은 언제나 생각지 못한 즐거움을 준다. 어느새 내 마음에 잔잔히 스며든 그곳은 나의 동화 속 배경이 되었다. '작은 꽃들의 이름'이라는 제목으로 식물과 동물, 곤충이 의인화되어 각자의 이름을 지어주며 그대로의 자연을 주제로 한 이야기가 되었다. 내가 본 것들과 느낀 것들이 영감이 되어 이야기로 만들어졌다.

글은 영감에서 온다. 매일의 일상 가운데 순간적으로 온다. 우연히 보게 된 장면, 우연히 듣게 된 이야기로부터 올 때도 있고 아름다운 풍경에서도 온다. 뭔가를 쓰기 위해 앉아서 골몰한다고 마구 떠오르는 게 아니다. 산문을 많이 쓴 작가들은 버스 안이나 정류장 등 우연한 장소에서 보고 들은 사항들을 소재로 글을 쓴다. 어떤 것을 듣거나 볼 때 떠오르는 아이디어나 느낌이 영감이다. 영감은 '쓸 거리'로 연결되고 글쓰기의 촉매제이다.

☕ 영감이 오는 것에 대해 글로 써봅니다.

어린 나에게 보내는 편지

"돌아가 보라. 당신이 더 어렸을 때 당신을 행복하게
만들었던 것을 찾아보라. 우리 모두는 다
큰 아이들이다. 그러므로 우리는 돌아가서 자신이
사랑했던 것과 진실이라고 믿었던 것을 찾아봐야 한다."

— 오드리 햅번

오래전에 독서 모임 선생님들과 미술 프로그램에 같이
참여한 적이 있다. 미술 선생님은 우리에게 어린 시절에 대한
그림 한 토막을 그리라고 했다. 저마다 상징적인 장면을 모두
한 컷씩 그렸다. 캔버스에 그림을 그리고 유화물감으로 채색
한 후 그림에 대한 이야기를 돌아가며 발표했다.

내가 그린 그림은 모가 자라는 논 옆에 쪼그리고 앉아 돌
멩이로 땅바닥에 그림을 그리고 있는 장면이었다. 어린 나를
돌볼 시간이 없던 엄마는 나를 외갓집에 맡겼다. 집을 떠나 함
양의 외갓집에서 생활하며 무서운 외할아버지를 피해 외할머

니를 따라 논밭으로 다녔다. 외할머니가 일하실 동안 혼자 기다리며 놀던 장면이 내 머릿속에 오래도록 각인되어 있다. 그나마 유일하게 또래가 있었던 집에서 숨바꼭질을 한 기억과 꽁꽁 언 개천에서 썰매를 탄 기억, 보리밭 사이에서 뱀을 보고 숨이 차도록 달렸던 기억도 떠오른다.

　같이 있던 사람들이 그린 각각의 어린 날의 상징적인 그림들은 따뜻하기도 했고 슬프기도 했다. 그림을 그리고 이야기를 나눈 후 각자 가슴 속에 있는 어린 '나'에게 편지를 쓰는 시간을 가졌다.

　"엄마도 내가 무척 보고 싶고 걱정되셨을 거야. 힘든 외할머니에게 맡겨놓고 하루도 마음 편할 날이 없으셨겠지. 이제야 알겠어. 내가 부모님께 사랑받지 못했던 게 아니라 늘 마음으로, 몸으로 동동거리며 나를 키워주셨을 분들이란 걸. 엄마와 외할머니는 내게 사랑을 가르쳐주셨어. 나를 애틋하게 돌봐주신 외할머니가 돌아가셨을 때 가보지 못한 게 내내 마음에 걸렸어. 나를 떼놓고 매일 힘들게 일해야 했던 엄마와 외할머니의 돌봄이 없었다면 나는 정말 못된 아이가 되었을 거야. 기특하고 대견하게 잘 지낸 나에게 사랑의 포옹과 박수를 보낸다. 고마워."

어린 시절의 나에게 편지를 쓰는 걸 그때 처음 해보았다. 내 속에 어린 나는 이제 외롭지도 않고 사랑으로 충만하다. 같이 있지 않다고 사랑하지 않는 건 아니란 걸 알게 되었고 가족은 떨어져 있어도 언제나 든든한 존재라는 걸 깨달았다. 어린 시절의 내가 있었기에 지금의 내가 있다는 것도. 기다림 과 그리움의 정서를 일찍 배웠기에 함께할 때가 더없이 소중하단 걸 절실히 느낀다. 외할머니가 일을 다 끝내기를 기다리며 옆에서 그림을 그릴 수 있었던 것도, 단칸방에 살며 언니나 오빠를 제치고 아빠 무릎 위에 앉아 있을 수 있었던 것도, 종일 골목과 바깥에서 놀았던 것도 모두 안온한 나의 성장 배경이었다.

 내 안에 있는 어린 나와 대화해 보세요. 편지를 쓰듯 적어보세요.

오래된 곳, 인상적인 장소

"참된 창조자는 가장 흔해빠지고 미천한 것에서
주목할 만한 가치가 있는 뭔가를 늘 발견한다."

– 이고르 스트라빈스키

나는 어디든 낯선 곳에 가면 그 주변을 둘러보는 걸 좋아한다. 마을 풍경을 구경하면서 살펴보면 어느 곳이나 사람 사는 곳은 매한가지다. 소박하면서 정감이 넘치는 집의 풍경은 자연스러우면서도 아름답다. 오래된 건물은 시간의 결이 고스란히 전해져 바라보기만 해도 감흥에 젖는다.

일요일 낮에 동네에서 잘 가지 않던 골목 안을 산책할 때 낯선 여행지에서나 볼 법한 폐가를 만났다. 아파트 신축 공사로 인해 드문드문 있던 빈집들과는 또 다른 정경이었다. 잔뜩 쌓여 있는 구조물의 잔해들과 오래된 문짝, 뚫려 있는 창문과

좁은 마당, 그리고 그 안에 오래된 나무와 덩굴, 잡초가 수북했다. 사람이 나간 텅 빈 공간을 메우는 또 다른 식구들이었다. 그 모습이 인상적이어서 사진을 찍고 시로 썼다.

오래된 것들에서는 마력이 느껴진다. 허물어질 듯 쓰러져 가는 집인데도 사람이 살았던 흔적이 남아 있어서일까. '낡음'에서는 으리으리한 빌딩 숲에서는 느낄 수 없는 경외감마저 든다. 세월의 축적으로 이루어 놓은 결과물이 허리 굽은 노인처럼 인자해 보이기도 하고 아무 말 없는 수행자처럼 고즈넉해 보여 낡고도 위대한 분위기를 풍긴다. 그리움을 담은 곳에 대해 써보자고 했을 때 한영애 샘이 쓴 글이다.

"스무 살 막 대학생이 되었을 때 친구와 방을 하나 얻었다. 우리는 화장대를 놓고 이불을 사고 그릇도 갖다 놓았다. 수업이 끝나면 들러서 쉬는 우리만의 아지트 같은 곳이었다.
그 방은 학교에서 멀지 않았지만 사람들이 다니지 않는 약간은 외진 곳에 있었다. 친구와 방을 구하러 돌아다니다 둘 다 한눈에 맘에 들어 한 곳이기도 했다.
방을 구하기 위해선 용돈을 모아야 했다. 다행히 혼자가 아니어서 부담이 덜 되었고 오래된 집이라 그리 비싸진 않았지만 아무 소득이 없던 우리로선 돈을 모으는 게 시급했다. 다행히 친구가 아르바이트를 구해서 일하기 시작했고 나도 모아두었던 돈이 있어 금세 방을 계약할 수 있었다.

그 집에 커다란 감나무가 하나 있었는데 우린 늘 방문을 열어놓고 앉아 감나무 잎을 올려다보곤 했다. 그래서일까 지금도 감나무만 보면 그때 그 시절이 생각나곤 한다. 아무 욕심도 없고 별 큰 걱정도 없었던 자유로웠던 시절이. 그리고 한 번도 졸업 후 찾아가본 적이 없는 그 집, 우리 방은 잘 있을까 궁금해진다."

그리운 그때 그 시절의 장소와 공간을 쓴 글처럼 지금 머무르고 있는 곳에 대한 글도 쓸 수 있다. 집에서 내가 주로 하는 것, 내가 살고 있는 동네는 어떤 곳인지 소개하듯 쓴다. 나의 체취가 담긴 소중한 공간이니까.

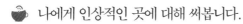 나에게 인상적인 곳에 대해 써봅니다.

찾고 또 찾아

> "어떤 주제에 대한 지식을 정리하기 위해서는
> 먼저 책을 읽고 관련분야의 전문가를 만나고
> 생각을 충분히 하는 과정이 필요하다.
> 여기에 한 가지를 더한다면 그것은 바로 글쓰기다."
>
> – 공병호

글을 쓰기 위해서는 정보를 찾고 또 찾는다. 나만의 글을 쓰기 위해 정확한 사실과 지식을 바탕으로 한다. 자료를 찾아야 하고 사전이나 정보를 확인하고 남의 글도 읽는다. 관련 영상도 찾아서 보고 해당 장소에 답사도 가보거나 인터뷰도 한다. 관련 자료를 찾는 건 글쓰기를 위한 준비에 해당 되지만 본격적인 글쓰기에서도 항상 필요한 일이다. 어떤 글을 쓰든 쓰고자 하는 것에 대해 잘 알아야 하기 때문에 자료조사는 기본이자 필수이기도 하다. 내가 알고 있는 배경지식이 있다 해도 사실인지, 정확한 정보인지 확인하면서 쓴다. 다른 자료들로 인해 내 생각과 의견이 더욱 명확하게 정리된다. 최대한 다른 사람들이 한 말과 쓴 글을 다양한 경로를 통해 참고하면 좋다.

자료조사를 하는 건 더 정확하고 좋은 글을 쓰기 위함이지만 거꾸로 내가 알고 있는 정보와 지식을 정리하기 위해서 글을 쓰기도 한다. 생각과 알고 있는 것들을 정리하기 위한 방법으로 쓰기만큼 좋은 게 없다. 쓰면서 더욱 명징해지고 완결된 정리를 할 수 있다. 나아가서는 기본 사실 몇 가지로 이야기도 꾸밀 수가 있고 사실에 근거한 다른 글도 쓸 수 있다.

도서관 자료실에서 책을 보고 있는데 전화가 와서 밖으로 나갔다. 통화를 하며 도서관 뜰의 나무들에 눈길을 두고 서 있었다. 마침 나무에서 딱따구리 한 마리가 눈에 들어왔다. 딱따구리는 나무를 쪼아대며 껍질을 뚝뚝 떼어내고 있었다. 그런데 한 곳에 있지 않고 금세 나무줄기를 옮겨 다니며 쪼아댄다. 구멍을 파는 건 본 적이 있지만 나무껍질을 떼는 건 처음 본지라 한참 딱따구리의 업무를 지켜보았다. 딱따구리는 까마귀처럼 검정 깃털이었지만 크기가 훨씬 작고 머리와 꽁무니에 주황색을 띠고 있었다.

인터넷 검색을 해보니 딱따구리가 나무줄기 안에 있는 벌레의 유충을 잡아먹기 위해 껍질을 쪼아댄다는 걸 알았다.

딱따구리는 열매나 곤충류, 개미나 거미 등을 먹는데 우리나라에는 오색딱따구리가 흔한 텃새이며 전역에서 볼 수 있다고 한다. 자주 본 적은 없었지만 내가 본 게 그 흔하다는 오색딱따구리였다. 딱따구리에 이어서 우리나라 철새나 텃새에 대해 더 찾아서 읽어보고 새들의 생태에 관한 글을 이것저것 더 찾아봤다. 만약 언젠가 내 글 속에 새가 나온다면 우연히 마주친 딱따구리 덕분이다. 아마도 오색딱따구리가 등장할 확률도 높다. 이렇게 잠깐 본 것을 써놓기만 해도 그때 본 딱따구리가 떠오르면서 나의 기억 속에 다시 자리잡는다. 언젠가 머릿속에 있는 딱따구리가 어딘가의 나무로 옮겨가거나 날아갈 수도 있지 않을까.

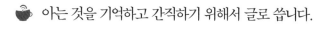 아는 것을 기억하고 간직하기 위해서 글로 씁니다.

장르별 쓰기 노트

"노트를 구시대적 산물로 인식하지 마라.
직접 쓰는 것은 몸에 기억을 남긴다."
– 빌 게이츠

"작가님은 어디에 글을 쓰세요?"

고등학생 시현이가 한 질문이다. 실제로 노트북에 글 작업을 하지만 완성된 글을 짓기 전에는 노트를 많이 활용한다. 좋은 문장을 옮겨놓기도 하고 여러 생각들을 적어놓을 곳이 필요하다. 내게는 제법 많은 노트와 연습장이 있다. 다 채워진 것들도 쌓였다. 안 쓰는 다이어리, 줄이 그어진 공책, 무지 노트, 스프링 연습장 등 다양한 쓰기 공간이 오랜 시간 함께해 왔다.

스프링 연습장에는 매일 하루에 한 바닥씩 쓰고 그랬다. 나머지 노트들은 장르별로 다양하게 구비된 습작 노트였다. 처음부터 여러 장르의 노트를 구분해서 쓴 건 아니었다. 처음엔 해마다 새로 쓰는 다이어리에 책을 읽다가 좋은 글이 있으면 옮겨 적기도 하고 아이디어를 써놓기도 했다. 그러다 해가 바뀌어 다이어리가 바뀔 때마다 적었던 글을 보기 위해 지난 다이어리를 들춰야 하는 게 귀찮기도 하고 안 보게 되기도 해서 집에서 안 쓰는 노트를 꺼내 따로 장르별로 노트를 마련하게 되었다. 좋은 시나 시조 필사 노트 등 장르별 노트가 다 따로 있고 동시만 적어놓은 동시 다이어리, 동화에 대한 시놉시스나 책 쓰기에 대한 아이디어를 적어놓은 아이디어 노트, 일상 기록장, 그림과 글이 담긴 연습장, 들고 다니며 썼던 메모용 수첩 등이 시간과 함께 여러 종류로 늘어났다.

노트들은 모두 나의 역사이자 나의 온 마음이다. 내가 좋아하는 것들이 담긴 서랍이기도 하다. 시간이 흐르면서 쌓여 있던 연습장과 노트는 운 좋게 하나씩 정리되어 책으로 출간이 되었다. 지금까지 나온 책이나 앞으로 나올 책들은 모두 시간을 축적한 결과에서 비롯되었다. 수도 없이 고쳐 쓴 그림책의 글이 있고 열 권 정도의 연습장이 모여 한 권의 책이 된 경우도 있고 엮어 두고도 5년 정도가 지나 나온 책도 있다. 거의 대부분 오랜 시간 걸려 나온 결과물이었다. 하루아침에 순식간 일어난 일은 하나도 없었다. 모두 시간이 걸려 일어난 일이었다. 시간이 걸리더라도 기다리는 마음이 있기에 지루하지도 지치지도 않았다. 오히려 설레는 일이고 글을 쓰는 동안 누구보다 내가 가장 큰 위로를 받았으니 충분한 보상이 되었다. 자신을 사랑해 주고 위해 주는 일보다 더 중요한 일은 없다. 누군가에게 공감과 희망을 주기 전에 가장 먼저 선물을 받는 사람은 나 자신이다.

🍵 하나하나 직접 써놓은 노트가 나의 역사이자 쓰기의 자료가 됩니다.

3장

어떻게
시작하지?

사진에 짧은 글을 써본다

"'현재'속에서 존재한다는 것은 바로 지금
일어나고 있는 것에 집중한다는 뜻이다! 그것은 우리가
매일같이 받는 소중한 선물에 감사한다는 뜻이기도 하다."

— 스펜서 존슨

일본의 시인이자 그림책 작가, 번역가 등으로 알려진 다니카와 슌타로는 이런 말을 했다.

"지금 무슨 일이 일어나든, 누가 무엇을 하든, 그 짧은 시간 속에 영원을 품고 있다."

'영원'이란 말은 시간을 초월해 이어지는 의미나 존재이다. 모든 짧은 순간 안에 삶이 깃들어 있고 진실이 담겨 있다. 우리가 사진을 찍는 이유도 이와 비슷하다. 찰나의 순간을 담기 위해, 의미를 담기 위해 사진을 찍는다. 글쓰기도 마찬가지다.

나는 스마트폰으로 사진을 자주 찍는 편이다. 주로 풍경

사진 찍는 걸 좋아하는데 순간적인 의미가 담긴 장면 포착을 즐긴다. 풍경이나 사물, 꽃이나 식물은 사진을 찍기에 풍성한 기회를 제공한다. 잘 나왔니, 못 나왔니 그런 소리를 듣지 않아도 되고 내키는 대로 눈치를 보지 않고 맘 편히 여러 번 찍을 수도 있다. 찰나를 담는 사진은 순간을 사는 우리에게 아주 적합한 삶의 도구 같다. 순간을 영원처럼 남길 수 있으니까.

요즘은 스마트폰으로 찍은 사진도 작품사진 정도로 멋지게 나오니 누구나 사진작가 같다. 대부분의 SNS나 소통 채널에서는 사진과 영상으로 표현을 많이 하고 있지만 그에 어울리는 글이 곁들여지면서 완성도를 높인다.

디지털 시대의 흐름에 맞춰 사진과 시가 어우러진 '디카시'라는 새로운 문학 장르도 생겨났다. 자연이나 사물에서 포착한 시적 형상을 직접 찍어 문자와 함께 표현한다. 단 5행 이내여야 한다는 규정이 있지만 현대시를 어려워하는 사람들에 접근이 용이하고 글쓰기를 두려워하는 사람들이 활용하기에 아주 적절하다. 게다가 SNS상에 글을 올리는 것과 비슷한 양식이다. 누구나 접근이 쉬우면서 응용하기에도 좋다는 강점을 지니고 있다.

내가 SNS에 올렸던 사진과 글은 시간이 꽤 흘러 책으로 나오게 되었다. 운 좋게도 책이 나온 바로 직후 북토크가 있었다. 오신 분들과 체험을 해달라고 해서 강연 끝에 시화액자를 만들기로 했다. 참여자들이 책에 있는 짧은 글을 여러 편 낭독한 후 시를 짓는 시간을 가졌다. 못 할 것 같다던 분들도 어느새 캔버스에 짧은 글을 쓰고 그림을 간단히 그렸다. 모두의 얼굴에 활짝 미소가 번졌다. 학창시절로 되돌아 간 학생들처럼 앉은 자리에서 집중을 한 결과가 훌륭했다. 짧게 단 몇 줄만 쓰면 되기에 가능했을 수도 있지만 아무리 짧은 글이라 하더라도 첫 글자를 떠올리기란 쉽지 않은 일이다. 그럼에도 주어진 시간 안에 작품이 나왔다.

긴 문장이 두렵다면 디카시처럼 짧게, 5행을 넘기지 않고 생각을 표현하는 방법을 연습해 본다. 옆 사람에게 말 한마디 툭 건네듯, 한 줄 또는 두 줄로 사진을 설명해 본다. 말로 사진을 설명할 수 있다면, 그것을 옮겨 적은 것이 곧 글이다.

 인상적인 사진을 짧은 말로 설명해 보세요.

따라 쓰며 성장하는 사람들

> **"필사는 느린 꿈꾸기이고,
> 나를 돌아보는 성찰이며, 행복한 몽상이다."**
>
> – 장석주

아인슈타인을 보고 사람들은 천재라고 했다. 그는 이렇게 답했다.

"나는 똑똑한 것이 아니라 단지 문제를 더 오래 연구할 뿐이다."

위대한 업적을 남긴 건 머리가 좋아서 된 게 아니라 오랜 시간 공을 들였기 때문이라고 한다. 이 세상에 단번에 이룰 수 있는 것은 없다고 알려주는 말이기도 하다. 글을 쓰는 사람도 똑똑하거나 재능이 있어서 잘 쓰는 게 아니라 단지 글을 오래도록 썼기 때문에 좋은 글을 쓸 수가 있다.

처음부터 좋은 글을 쓰기란 쉽지 않다. 좋은 글을 많이 접하기 위해 책을 두루두루 읽어야 하고 다양한 경험을 해야 한다. 그에 못지않게 뒤따르면 좋은 것 중의 하나가 좋은 문장을 따라 쓰기이다. 언젠가부터 필사 모임 바람이 불기 시작했다. 아마도 코로나와 SNS 시대가 맞물려 더욱 호응을 일으킨 게 아닌가 싶다.

동네 책방에서 내 시집 『아름다워서 슬픈 말들』을 매일 옮겨쓰는 필사 모임을 3개월 동안 진행한 적이 있다. 하루에 한 편씩 노트에 옮겨 적고 사진을 찍어 인증하는 방식이었다. 온라인 필사 모임이지만 부지런한 분들이 많았다. 매일 꾸준하게 정갈한 글씨체로 옮겨 적는 분, 그림까지 곁들여 옮겨 적는 분 등 그 정성에 감탄했다. 게으른 나는 내 시인데도 매일 필사하는 게 어려웠다. 3개월 동안 하루도 빠지지 않고 자신만의 글씨체로 시를 오롯이 옮겨 쓴 분들을 보며 놀라지 않을 수 없었다. 3개월이 지나 모임 종료 시점이 되자 매일 쓰는 습관이 몸에 밴 분들은 끝나는 것이 너무 아쉽다고 했다. 여러 사람들이 다른 책 필사를 좀더 해보고 싶다고 제안해 자연스럽게 시 필사 모임이 이어졌고 이후, 에세이 쓰기 모임으로 나아갔다.

필사를 하는 이유는 좋은 문장을 담기 위해서다. 그밖에도 따라 쓰기의 효과라고 한다면 첫째, 집중하는 힘이 길러진다는 점. 둘째, 우리말 사용 능력이 향상된다는 점. 셋째, 생각 정리를 돕고 정서순화에 도움이 된다는 점. 넷째, 기억력 향상에 도움을 준다는 점. 다섯째, 글쓰기나 문장에 대한 두려움이 줄어든다는 점 등을 꼽을 수 있다.

아무리 좋았던 책이라도 시간이 흐르면 잊어버리게 마련이다. 줄거리 정도가 겨우 떠오르지, 좋았던 문장까지 기억할 수는 없다. 필사노트를 마련해서 좋은 문장을 만날 때마다 꾸준히 적어두는 길밖에 없다. 문장 수집가가 되어 나만의 문장 책을 만들어 두는 거다. 책 한 권을 통째로 필사하는 노력파도 많지만, 처음부터 의욕을 부릴 필요는 없다. 흥미를 잃지 않을 만큼만 해보는 것도 좋다. 필사를 통해 꾸준히 좋은 문장을 만나다 보면 시나브로 문장이 스며들어 쓰는 힘을 길러준다.

☕ 거듭 읽어도 좋은 문장을 필사 노트에 담아 오래 도록 음미해 봅니다.

말의 의미

> "그 자리에 딱 맞는 단어와 적당히 맞는 단어의 차이는
> 번갯불과 반딧불의 차이다."
> – 마크 트웨인

세상에 존재하는 모든 것들에는 대부분 이름이 있다. 우리가 알고 있는 이름이 무수하고 모르는 이름도 상당히 많다. 나는 식물 이름을 특히 잘 못 외우는 편인데 잠깐 들을 때만 의식화 되었다가 금세 머릿속에서 사라져 버린다.

이름을 곰곰 생각하며 그 대상을 들여다보면 어쩜 이렇게 이름을 딱 맞게 잘 지었을까, 도대체 이런 이름들은 누가 지은 것일까 궁금해질 때가 있다. 사물이나 동물, 식물에 붙여진 저마다의 이름은 제각각의 이유와 함께 지어져 신기하기만 하다. 생김새로 이름을 짓는 경우도 많지만 이름 하나에도 스

토리텔링이 다 들어가 있다. 사람들은 이야기 짓기를 좋아하는 게 분명하다. 게다가 부여한 이름들을 보면 쉽게 지은 게 하나도 없다. 꽃 이름이나 바위 이름, 지명 같은 경우엔 특히 스토리텔링이 풍부하다.

연필이라는 건 어떻게 딱 연필에 어울리게 지었는지, 책이라든가 책상이라든가, 휴지통이라는 말, 여우에게는 여우가 잘 어울리고 강아지에게는 강아지라는 말과 이름이 잘 어울린다. 이름과 생김새, 또는 역할이나 특징에 딱 알맞게 잘 지어져 있다. 사람도 가끔은 그 이름과 참 잘 어울린다고 느껴지는 사람이 있다. 이름에는 신비한 속성이 있나 보다.

이상교 작가님의 「어울린다」라는 시를 보면 말과 함께 그 말의 의미가 참 잘 어울린다는 내용이 나온다.

<꽃> 이름은, 글자는
꽃에게 제일 잘 어울린다.
겹겹 꽃잎 한가운데
꽃가루 보글보글, 수술 암술 보글보글.

<사슴> 이름은, 글자는
사슴에게 제일 잘 어울린다.

순한 뿔에 눈망울에

고운 맵시, 날씬한 네 다리.

... (중략)

기특도 하다.

이름은.

글자는.

　각각의 이름에 대하여 나만 이런 생각을 한 게 아니었다. 다만 같거나 비슷한 생각을 글로 썼느냐, 쓰지 않았느냐의 문제가 남는다. 똑같은 생각을 했는데 내가 글로 쓰지 않았더라도 실망할 필요는 없다. 이 세상에 새로울 건 더 이상 없다고 하듯 쓰이지 않은 소재나 주제가 없을지도 모른다. 하지만 표현방식에 있어 다르게 나타나면 상관없는 문제다. 다른 사람이 썼다고 해서 더 이상 쓰지 못하는 소재가 아니라 나만의 방식과 문체로 새로 쓰면 되는 거다. 예를 들면, '어울린다'라는 제목을 다르게 바꿔 '이름'으로 하던가, 내용과 함께 전혀 다른 구조나 장르로 만들어도 좋다. 어떤 형식이든 변형할 수 있다.

지금 주위에 있는 물건들부터 평소에 좋아하는 말들까지 새로운 이름을 붙여본다. 책상 대신 나의 작업대, 의자 대신 엉덩이 친구 등으로 짓는다. 머릿속으로 연상되는 걸 많이 떠올리는 사람일수록 글 쓸 때 자원이 풍부한 사람이다. 물건에 어울리는 새로운 이름, 이름에 어울리는 나만의 정의 내리기로 글쓰기의 다채로운 비유와 상징을 연습해 본다. 나만의 의미로 다시 태어나는 말은 모두 이야기를 품고 있어서 모두 글이 될 수 있다.

가을, 세상에 내려온 노을
사랑, 그대와 함께 거닐고 싶은 거리

커피, 먼 그대를 떠올리기 좋은 향기
편지, 당신에게 해도 해도 끝이 없는 말

우리, 이름만으로도 충분히 따뜻해지는 동그라미
그리움, 사랑만으로 모든 것을 채울 수 없는 밤

별, 소원 하나 박혀서 반짝이는 빛
그늘, 뜨거운 볕에 드리운 그대의 손바닥

우산, 빗속에 서 있던 정류장

슬픔, 또박또박 소리 내며 다가오는 가까운 걸음

길, 사라지고 이어졌다가 끊어지는 동맥

산책, 말라붙은 상처에 부는 입김

노래, 영혼이 이루고 있는 소망 혹은 눈물

무화과, 기억 속 아이의 향긋하고 물컹한 젖가슴

오후, 물웅덩이 위에 떨어지는 탄력

창문, 세상과 평화를 꿈꾸는 단절

어항, 물고기의 오랜 자유

지하철, 시간을 꿰매는 통로

감성, 말랑한 두부에 말 걸기

여행, 투명한 시냇물에 발 담그기

이름, 죽은 자들에게 주는 꽃 한 송이

오늘, 비를 견뎌낸 무지개

－「일곱 무지개」, 『누군가 두고 간 슬픔』에 수록.

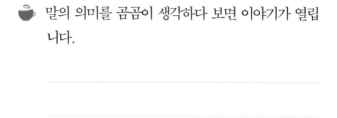 말의 의미를 곰곰이 생각하다 보면 이야기가 열립니다.

나는 바쁘지 않다

"내가 글을 쓴 진짜 이유는
나 자신이 원하기 때문이었다."

– 스티븐 킹

매일 하루를 여는 시간이 사람마다 다를지라도 주어진 시간은 똑같다. 하루라는 공평한 시간 안에 저마다의 자리에서 우리는 각자의 인생을 살아간다. 오늘 하루, 나의 아침은 어땠을까. 어제와는 다른 무언가가 있었을까.

아침마다 미라클 모닝을 실천하는 사람들이 있다. 명상이나 책 읽기 또는 글쓰기 등으로 매일 아침에 스스로 정한 일을 꾸준히 한다. 실제로 아침에 막 잠에서 깨어난 대부분의 현대인들이 바로 하는 행동 중의 하나가 핸드폰을 집어 드는 거다. 잠자는 동안 개인적으로, 사회적으로 어떤 일이 일어났는지 눈 뜨자마자 확인을 한다. 거의 습관성이다. 하지만 핸드폰 화면을 여는 대신 주변을 정돈하고 명상이나 필사를 해보는 건 어떨까. 또는 손이 닿는 가까이에 둔 책을 집어 짧은 시간만이라도 읽어보는 거다. 잠이 덜 깨 무슨 말인지 모른다면 다시 거듭해서 천천히 읽어본다.

실제로 나의 잠자리 주변에는 책들이 널려 있다. 보다가 만 책, 읽으려고 둔 책, 꼭 읽어야 하는 책, 선물 받은 책 등 손 닿으면 바로 펼칠 수 있다. 아침에 눈을 떠 책을 집어 종종 읽기도 하는데 신기하게도 막 잠에서 깬 상태인데도 천천히 반복해서 같은 문장을 읽다 보면 어느새 짧은 꼭지의 글 한 편도 읽게 된다. 갓 깨어 정신이 맑지 않은데 책을 본다니 좀 이상하게 들릴 수도 있겠지만 의외로 집중도 잘 되고 정신도 맑아진다. 책을 늘 손에 잡고 살지 않는 이상 자주 들여다보긴 쉽지 않으니 잠깐이라도 보려고 노력한다.

책을 자주 접하려면 핸드폰보다는 주위에 책을 두는 환경이 먼저가 되어야 한다. 책을 머리맡이나 쉽게 손닿을 만한 곳에 두고 시간이 될 때 들춰본다. 게슴츠레한 눈을 겨우 뜨고 넘기기 시작한 책장이 누운 자리에서 몇 장 읽게 되는 흡족한 경우가 있다. 흡족하다는 말은 금쪽같은 시간을 아주 잘 썼을 때 하는 말일 테다. 내가 아는 사진작가 한 분은 아침마다 일기를 적고 필사를 한다. 아침에 일기라니, 첨엔 생소했다. 대부분은 그날의 할 일을 먼저 적고 다른 생각들도 정리를 한다고 했다. 일기를 쓴 후엔 읽고 있는 책의 한 부분을 노트에 옮겨 적는 게 아침 일과인 분이다.

책을 읽을 땐 활자에 집중하면서 머릿속으로 사고하게 되고, 글을 쓸 땐 내 생각과 경험을 끄집어내어 조리 있게 담기 위해 집중한다. 그 시간만큼은 자신에게 충분히 집중한다. 글을 쓸 때 꼭 긴 글이 아니라 짧은 메시지나 오늘의 할 일, 어제의 일들을 정리하는 정도로 적는다. 매일 아침에 할 수도 있고 하루 중 어느 때건 상관없다. 나 자신을 오롯이 만나는 시간이며 내 생활의 전반적인 구상과 정돈의 기회를 갖는다. 특히 아침에 한다면 하루를 경쾌하게 시작하는 발걸음이 된다. 다음은 글을 쓰며 자신의 생활을 돌아본 조재성 샘의 글이다. 본인 소개를 할 때 직장에 다니면서 산에 약초를 캐러 다닌다고 했다.

"입버릇처럼 하는 말이 있다. 누군가 내게 요즘 어떠신가요? 인사차 물어오면 항상 나는 '정신없이 바쁘네요. 하는 건 딱히 없는 것 같은데 왜 이렇게 바쁜지 모르겠습니다.'라고 말한다. 노트에 나의 바쁨을 적어보고 싶었다. 왜 그렇게 바쁜 건지 알고 싶어서 하나씩 하나씩 그 바쁨을 적어보았다. 순위를 정하고 적어 내려가다 보니 그 일 순위가 당연 집안일이었고 그 다음이 산에서 해야 할 일과 사람들과의 관계 속에서의 일 몇 가지 등등이었다. 적다 보니 더는 적을 게 없었다. 그러고 나서 든 생각은 겨우 이 정도의 일로 그동안 바쁜 척 했구나, 였다. 알고 보니 난 바쁘지 않았다. 바쁜 척 했을 뿐 바쁘지 않았고 한가하면서 조금은 여유를 가질 수 있었던 사람이었음을 알게 되었다. 그동안 고작 이 정도의 일로 뛰어다니며 보지 못한 작은 꽃과 돌멩이, 흐르는 냇가의 물소리, 벌레의 몸짓, 가을 정취, 자연에서 들리는 모든 소리를 외면하고 지낸 것에 '후우~' 하고 담배 하나를 물었다. 이제 나는 바쁘지 않다."

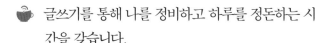 글쓰기를 통해 나를 정비하고 하루를 정돈하는 시간을 갖습니다.

마음을 전하는 편지

"나는 사랑하는 사람의 귀에
속삭인다는 생각으로 글을 쓴다."
– 테리 템페스트 윌리엄스

　사랑하는 사람에게 편지를 보낸 적이 언제였는지, 친구에게서 편지를 받은 적은 언제였는지 기억이 가물가물한다. 편지를 쓰기 위해서는 꼭 용건이 필요한 건 아니다. 평소 알고 지내는 사이나 친한 관계에서도 특별히 전할 말이 없다 해도 펜을 들어보면 쓸 말이 생기기도 한다.

　별일 없고, 할말이 딱히 없는데도 이따금씩 편지를 보내오는 친구가 있었다. 중학생 때 짝지기도 했던 은정이는 편지지에 편지를 써서 일상의 이야기를 조금 하다가 딱히 할 말이 없네, 라며 편지를 끝맺기도 했다. 편지 자체가 쓰고 싶었나보다. 문득 내 생각이 났던 건지도 모른다. 편지라는 건 순수한 마음을 담은 것이자 누군가를 떠올리게 하는 매개체일 뿐 내용이 크게 중요한 건 아니다.

『우린 열한 살에 만났다』라는 옥혜숙, 이상헌 부부가 쓴 책을 읽었다. 어릴 때부터 학교 동창이자 친구로 알고 지내며 첫사랑을 키워가고, 못 만나게 되자 한 쪽이 찾아서 만나 관계가 발전되어 가는 과정이 담겨 있다. 같은 시기, 같은 시절을 여자/남자 각각의 독백으로 나눠진 일기 형식의 글이 따로따로 이야기하듯 이어진다. 책을 쓴 부부가 결혼하고 지금 현재까지 함께 살아온 일상들이 듬성듬성하면서도 촘촘하게 기록된 에세이다. 둘만의 역사가 하나로 엮여서 읽는 이로 하여금 '아, 나도 그 사람과의 이야기를 쓰면 좋겠다.'라는 생각을 하게끔 만든다. 그 사람, 또는 누군가에게 들려주듯 쓰고 싶어진다.

누구든 사랑하는 사람이 있다면 편지 형식의 글을 서로서로 따로 써서 책으로 만들어도 좋겠다는 생각이 들었다. 한 사람만 쓰는 것이 아니라 둘 다 서로에게 하고픈 말과 기록으로 남기고픈 내용을 꾸준하게 적어놓는다면 그 기록은 두 사람에게 최고의 자산이자 보물이 된다. 함께하는 나날 동안 어떤 고난이 오더라도 굳건히 견디며 성장할 수 있는 튼튼한 뿌리가 될 것이고 서로에 대한 믿음이 강건해질 것이다.

　　당진의 박창옥 교장선생님은 기숙사에 있는 고등학생 딸아이에게 오랫동안 써온 편지가 있다고 하셨다. 책으로 묶고 싶다고 하셔서 깜짝 놀랐는데 받게 될 아이는 얼마나 감격스러울지, 나중에 결혼하고 아이 낳고 엄마가 준 편지를 꺼내 읽으면 얼마나 또 뭉클해 할까. 그 사랑이 참 견고하단 생각이 들었다. 누구나 사랑하는 자녀에게 이렇게 편지를 많이 쓰지는 않으니까. 특별한 날 마음을 담아 쓰거나 어쩌다 할 말이 있을 때 쓰는 정도일 텐데 얼마나 규칙적으로 썼을지 놀라울 따름이다. 다음은 엄하게 아이들을 키웠다는 박수연 샘의 글이다.

　　"사랑하는 딸에게 해주고 싶은 말
　　완벽주의 엄마에게서 자라느라 힘들었을 우리 딸,
　　올해 사회에 첫발을 디뎌 당당한 사회인, 직장인이 되었구나.
　　항상 밝고 믿음직한 네가 정말 자랑스럽단다.
　　앞으로는 네가 하고 싶은 것들도 하면서 많이 누리고
　　너답게 너의 인생을 살아갔으면 좋겠다.
　　고맙고 사랑한다."

직장인이 된 딸에게 하고 싶은 말을 쓴 편지이다. 완벽주의라고 하니 일과 가족, 살림과 아이들을 얼마나 잘 돌보셨을까. 이렇게 축하와 당부의 말을 짧은 편지로 쓰니 더욱 귀한 말이 되었다.

편지 이야기가 나오니 고등학생 때 친구들의 연애편지를 대필해 주던 친구가 떠오른다. 지금은 두 아이의 아빠가 되었고 신춘문예로 등단해 시인이 되었다. 그 당시엔 정작 본인도 연애를 안 해봤을 텐데 어떻게 애틋한 연애편지를 쓸 수 있었는지 만나면 물어봐야겠다. 그리고 지금은 어떤 편지를 쓰고 있는지도.

☕ 마음을 담은 편지는 받는 사람과 쓴 나를 같이 기쁘게 합니다.

아는 것들에서 미지의 세계로

"우리나라 말과 소리가 중국과 달라서 그들의 글자를
가지고서는 서로 통할 수 없기 때문에 백성들은
하고 싶은 말이 있어도 그 뜻을 펴지 못하는 일이 많다.
나는 그것을 불쌍히 여겨 새로 28자를 만들어 백성들이
쉽게 배워 날마다 편리하게 쓸 수 있도록 하려 한다."

– 훈민정음 서문

글을 쓰려면 바른 말을 사용하는 건 기본이고 사전을 늘
가까이해야 한다. 문장을 쓰다가 어휘가 적합한지 확인하면
서, 또 알맞은 말을 찾으면서 써야 하기 때문이다. 난 어릴 때
사전을 끼고 다녔다. 언니 사전을 물려받아 매일 사전을 보는
게 취미였다. 사전으로 익히는 말공부는 재미있으면서 정확했
다. 말들은 호기심을 불러와 시간 가는 줄도 모르게 거듭 읽
기를 반복했다.

사전 읽기와 더불어 틈틈이 지도를 보는 것도 낙이었는

데 사전을 보는 것과 비슷한 요소들이 있었다. 지도에는 전국의 지명이 빼곡히 들어차 있고 온갖 기호들이 즐비하다. 각 지역의 이름은 생소하면서도 진귀한 느낌이 들어 상상력을 자극했다. 지명의 근원이 어디서 비롯되었는지 궁금했고 지역들의 경계가 신기했다. 어떻게 이만큼은 충청도이고 또 요만큼은 마을을 나누어 두었는지, 실제로는 보이지 않는 경계를 어떻게 다 분류하고 그에 따르게 되었는지 등 현실에 와 닿지 않으면서도 현실적이고 그에 따라 사람들이 집을 짓고 뭔가를 하는 게 이상적인 것 같았다. 일일이 수많은 날을 걸어 다니며 지도 제작에 힘쓴 선조들의 힘든 여정이 눈앞에 그려지는 것만 같아 한참 들여다보는 날이 많았다. 요즘은 기술의 발달로 교통상황까지 실시간으로 반영한 길 안내를 해주고 있으니 나날이 신기한 일은 늘어만 간다.

사전과 지도는 공통점이 있다. 무엇을 찾을 때 보는 것이라는 점이다. 말의 의미를 찾을 때, 지역의 위치를 찾을 때 펼친다. 둘 다 궁금해서 찾는 도구다. 지식이 되고 교양이 되는 생활태도라 할 수 있다. 지금도 사전을 자주 들여다보고 지도는 가끔씩 이동할 때 찾아본다. 그리고 언젠가 떠날지도 모르는 장소를 검색하기 위해서도 들여다본다. 사전과 지도를 좋아하는 걸 보니 호기심이 많은 것 같다. 궁금한 걸 수시로 찾아보며 지적 호기심을 충족함과 동시에 그 의미의 너머도 상상하는 일이 잦다. 정확성이 상상력을 만나는 일이다. 알 듯 말 듯 한 미지의 세계를 약간의 지식으로도 마음껏 뻗어나갈 수 있고 언제든 내가 알고 있는 것을 활용해 새로운 무언가도 할 수 있다.

글을 쓰는 사람이라면 말의 적확한 사용을 위해 애쓴다. 글을 쓸 때 사전을 찾아보고 문장에 맞는 표현인지, 맞춤법은 틀리지 않았는지 수시로 점검한다. 우리말은 생각보다 헷갈리는 표현이 많아서 늘 확인해야 한다. 또한 어디든 글로써 이동할 수 있다. 과거에서 현재로, 현재에서 미래로, 없는 세계를 만들기도 하고 다른 나라로 가서 이야기를 펼칠 수도 있다. 결국에 글쓰기란, 내가 가고픈 세계로 가기 위해 애쓰는 일인지도 모른다.

☕ 글쓰기와 사전은 늘 함께하는 짝꿍입니다.

매일 일기 한 줄의 힘

"아무리 재주를 타고난 사람이라도
글 쓰는 법은 하루아침에 익힐 수 없다."

– 장자크 루소

매일 일기 쓰기도 안 하다가 글쓰기를 하려면 쉽지 않다. 글 쓰는 재능이 있다 해도 매일 쓰는 게 쉬운 일은 아니다. 이럴 땐 한 줄 일기로 시작해 본다. 날짜와 그날의 기록 한 가지만 한 줄로 남긴다. 무엇을 했는지는 사건에 해당되므로 주로 한 것, 또는 인상적인 것을 쓰면 된다. 예를 들면,

2월 1일 은행에 가서 환전을 했다.
2월 2일 히야신스 향에 이끌려 화분을 샀다.
2월 3일 오랜만에 만난 친구와 쇼핑을 하고 여행을 가기

로 했다.

2월 4일 앱을 깔고 첫 만 보 걷기에 성공했다. 등으로 매일 한 줄씩만 적는다.

매일 한 줄씩 남기다 보면 한 달이면 한 면 가득 매일 한 일이 쌓인다. 어느새 한 줄씩 적은 기록이 빼곡히 들어찬 걸 보면 흐뭇해지고 용기가 생긴다. 아주 단순한 기록인데 적힌 그 모습만으로도 뿌듯함을 느끼며 다음 달, 또는 다음 날의 한 줄을 또 기분 좋게 쓸 수 있다.

아무것도 하지 않은 날, 아무 일도 일어나지 않은 날이라 적을 게 하나도 없다 생각되더라도 한 줄을 쓴다. '하루 종일 뒹굴뒹굴'이라고 쓰고 한 줄보다 더 쓰고 싶은 날은 두 줄을 쓴다. 최소한 한 줄이라도 매일 남기는 게 중요하다. '한 달 동안 매일 일기 한 줄'이라는 프로젝트는 성공할 확률이 비교적 높은 편이다. 한 달 동안 한 줄씩 쓰고 나면 어떤 일이 일어날까? 두 줄 쓰기로 가고 싶어진다. 어느 정도 한 줄 쓰기에 재미와 습관이 붙으면 '한 달 동안 매일 두 줄' 쓰기로 프로젝트명을 바꾼다. 말 그대로 두 줄, 딱 두 문장을 쓴다.

3월 1일 태극기를 달았다. 오랜만에 대청소를 했다.
3월 2일 아침에 늦잠을 잤다. 지각할까봐 택시를 탔다.

3월 3일 조조 영화를 봤다. 영화 값이 너무 비쌌다.

두 줄로 쓰면 어떤 일이 일어날까? 앞 문장과 연계해서 이어서 쓸 수 있다. 두 줄이었던 글이 세 줄, 네 줄도 된다. 일기를 꼭 한 바닥 써야 하는 규정이 있는 게 아니니 한 줄부터 시작하고 차츰 문장을 늘려간다. 자신도 모르는 사이 한 가지에 대해 자세히 기술해 나가는 연습이 된다.

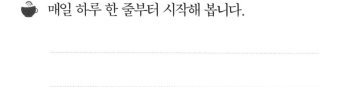 매일 하루 한 줄부터 시작해 봅니다.

함께하는 글쓰기

"당시에는 지긋지긋했지만
이제 그 기억은 내 마음이 뜯어먹기 좋아하는
좋은 풀밭이 되었다."
– 조지 오웰

강원도에서 조합을 만들어 생태환경과 교육 사업을 펼쳐 나가는 분들을 만났다. 조합원 분들이 다 같이 모여 글을 쓰고 쓴 글들을 모아서 한 권의 책으로 만든다고 했다. 귀농, 귀촌하기엔 젊은 분들이었고 거의 모든 분들이 직업이 있었다. 시골에서 제2의 인생을 열어나가는 분들과 여름부터 초겨울까지 만나며 글쓰기를 함께했다.

차시가 진행될 때마다 항상 과제를 제시했다. 매일 일상에 대해 쓰기가 기본 과제이고 특정 글쓰기도 내주었다. 시 필사나 시에 대한 느낌, 정해진 주제나 글감에 맞는 글을 써오기 또는 독서 감상문 같은 것이 특정 글쓰기였다. 안 하고 살다가 갑자기 매일 써야 하는 것도 어려운데, 주제에 맞게 기간 안에 쓰는 과제도 해야 했다. 매일 하진 못할지라도 '과제'는 강제적으로 노트를 펼치게 하는 매개일 뿐 오로지 쓰기 습관을 들이는 것이 첫 번째 목표다. 이 목표는 글쓰기 시작에 있어 항상 똑같다. 잘 쓰고 많이 쓰는 게 중요한 게 아니라 무조건 써나가는 것. 백지에 낙서하듯 적응하는 게 첫 관문이다. 함께하는 첫 날 첫 관문만 잘 넘으면 다음부터는 걱정할 필요가 없다.

　　매일 열심히 쓰는 분은 본인이 정한 뜻에 따라 가족일기, 몸 살핌 일기, 작업일지 같은 자신의 계획에 맞게 글을 써왔다. 생각은 글을 써야지, 하며 모였지만 한두 분만 제외하고 대부분은 뭔가를 쓴다는 것에 익숙지 않았다. 그래서 첫 시간은 늘 다 같이 모였을 때 첫 장을 쓴다. 일단 개시를 해야 텅 빈 여백의 공간이 막막해 보이지 않는다. 자신의 이름으로 삼행시를 지어도 보고 오늘 여기까지 오기 전 뭘 했는지를 적기도 한다. 오전이라면 어제는 어떻게 보냈는지, 오늘의 할 일은 뭔지로 시작해도 좋고, 오기 전에 본 풍경을 나열하고 묘사하면서 여유를 품어본다.

　　횟수를 거듭하면서 차차 빈 노트가 글씨로 채워졌다. 더

딘 사람은 단 몇 장, 빠른 사람은 어느새 노트 한 권을 빼곡히 채웠다. 그런데 뜻밖에도 모임을 이끄는 반장님이 가장 쓰기를 어려워했다. 수업하는 동안에는 글쓰기에 접근할 수 있는 여러 가지 방법을 제시하고 쓰는 시간을 가졌지만 직장에서 일을 마친 후 부랴부랴 수업 전반적인 준비를 하느라 허덕여서 그런 것인지 아예 쓸 엄두를 내지 않았다. 자신의 이야기를 말 할 수 있는 사람이 있는가 하면 무엇부터 말해야 할지 쉽게 꺼내지 못하는 사람도 있다.

어느새 마지막 차시 수업이 끝나고 책을 만들기 위해 원고 정리를 해야 했기에 단 며칠만이라도 일기를 써오라 반장님께 권했다. 서서히 마감 날이 다가오면서 정말 궁금했다. 과연 쓰셨을지, 그리고 기다렸다. 다행히 직장에서 했던 교육 관련 활동과 집에서 아이와 함께한 시간에 관해 쓰면서 노트가 몇 장 채워졌다. 혼자서는 도저히 할 수 없는 일이었겠지만 그나마 가까운 사람들과 함께하는 작업이었기에 결과물까지 만들어 낼 수 있었다.

"정말 뭘 써야 할지, 어떻게 시작해야 할지 어렵고 두려웠어요. 이렇게 여러 사람들과 함께하지 않았더라면, 어설픈 글이지만 한 꼭지라도 쓸 수 있었을까 싶네요." 반장님이 모든 시간이 마무리되자 소감을 전했다. 혼자서 도저히 안 되는 일이라도 함께하면 좀 나아진다. 시작이 쉽진 않아도 조금은 흉내 내볼 수 있다. 아직 쓰기에 자신이 없거나 포기하게 될까 걱정스러운 사람은 혼자보다는 모임에 참여하는 걸 추천한다. 단 몇 명이라도 함께할 사람이 있다면 정말 큰 힘이 된다.

☕ 혼자하기가 어렵다면 여럿이 함께하는 방법을 찾아봅니다.

쓰기 전에 먼저 말해 본다

> "모든 인간은 한 권의 책을 쓰기 위해 이 세상에 태어났다.
> 독창적인 책이건, 보잘것없는 책이건, 아무 상관없다.
> 하지만 아무것도 쓰지 않는 사람은 영원히 잊힐 것이다.
> 그런 사람은 이 세상을 흔적도 없이 스쳐 지나갈 뿐이다."
>
> – 아고타 크리스토프

기업의 회장이나 대표, 한 나라의 대통령 같은 사람들은 어떻게 글을 쓸까? 대체로 글을 대신 써주는 사람이 보좌를 하며 일일이 구술을 기록한 후 정리를 한다. 바로 글을 쓰는 것이 아니라 대부분은 말로 먼저 한다. 글로 쓰라고 하기 전에 쓸거리에 대하여 말을 생각나는 대로 하고 그런 다음 다시 말로 또 정리를 한 후 받아 적게 하는데 대표적인 경우가 고 노무현 대통령이다. 이는 8년 간 두 대통령의 연설문과 대기업 회장들의 연설문을 쓴 강원국 작가가 알려줬다. 강원국 작가도 글을 쓸 때 실제로 먼저 생각나는 대로 말해 본다고 한다. 운전을 하며 아내에게 먼저 생각들을 말한 후 떠오른 아이디어를 옮겨 적고 정리한다.

글을 업으로 하는 작가들도 글을 쓰기 위해 먼저 말로 꺼내보곤 한다. 떠오르는 생각과 하고픈 말들을 써야 할 주제에 맞게 글을 쓰기 전에 먼저 말을 해본다. 글보다는 말로 생각을 표현하는 것이 쉽다. 말은 상대방이 즉각적으로 반응하는 것을 확인할 수 있고 보충해서 바로 덧붙일 수도 있기에 전달력이 큰 편이다. 하지만 글은 혼자 일방적으로 써나가는 것이기에 읽고 쓰고를 반복하는 지독한 혼자만의 시간이 농축되어야 한다. 그럴 때는 혼자서라도 먼저 말해 보면서 글 쓸 준비를 하는 것도 나쁘지 않다.

유튜브가 일상화되면서 직접 채널을 운영하지 않더라도 초대를 받아 참여하는 경우가 종종 있다. 미리 대본이나 질문을 사전에 보내오는 경우가 일반적인데 가끔은 즉흥적으로 진행하는 경우도 있다. 미리 질문을 받았을 때는 시간을 두고 생각을 정리할 수 있다. 반면에 즉흥적으로 현장에서 바로 진행될 때는 일반적으로 대화하듯이 편하게 말하는 게 중요하다. 그런데 아무리 편하게 한다고 해도 끝나고 나면 아쉬움이 남기 마련이다. 아무래도 바로바로 생각나는 대로 말을 하다 보니 미흡한 내용을 보완할 기회가 없기 때문일 것이다. 그래서 대체로 잘해야겠다는 생각보다는 마음을 비우고 있는 그 대로의 모습으로 임하게 된다. 그러면 생각보다 자연스럽게 녹화에 임할 수 있고 실수도 줄어든다.

　말한 다음에 다시 내용을 수정, 보완해 글로 쓰면 처음에 말하려고 했던 의도가 잘 담긴다. 읽는 사람 입장에서도 구어 체가 더 이해가 잘 된다. 글쓰기가 쉽지 않다면, 글을 쓰기 전에 말로 하면서 먼저 생각을 정리해 보자.

 쓰기 전에 먼저 말로 해보세요. 그런 뒤 써보세요.

소리 내어 읽기

"바닷가의 조약돌을 그토록 둥글고
예쁘게 만든 것은 무쇠로 된 정이 아니라
부드럽게 쓰다듬는 물결이다."

– 법정 스님

글을 다 썼다면 쓴 글을 소리 내어 읽어본다. 말하듯이 쓴다고 해서 모든 문장이 유려한 것은 아니다. 쓴 글은 반드시 다시 읽어봐야 한다. 소리 내어 읽다 보면 글이 얼마나 자연스럽게 읽히는지 확인할 수 있다. 자연스럽지 못한 부분은 수정할 수 있으니 짧은 글이든 긴 글이든 소리 내어 읽으면서 보다 더 읽기 좋은 문장이 되도록 애쓴다.

좋은 문장은 운율이 느껴지는 글이다. 운율이 있는 문장은 눈으로 읽어도 호흡이 순조로운 문장이기에 읽을 때의 호흡을 생각하며 쓰는 게 중요하다. 생각이 이끄는 대로 쓰다 보면 나도 모르는 사이에 문장에서 흐트러지는 부분이 생기게 되고 길어질 수 있다. 정확한 표현과 적절한 어휘 사용이 이루어졌다면 문장이 얼마나 리듬감 있게 읽히는지 소리 내어 읽어보면서 쓴 글을 눈과 입으로 거듭 확인해 더욱 완벽한 문장에 다다르게 한다. 예를 들면, 봄의 벚나무를 보고 쓴 다음의 글을 쉬어야 할 곳과 끊어야 할 곳을 염두에 두며 읽어본다.

어김없이 돌아오는 계절, 자연은 매번 실망을 주지 않고 아름다운 감동을 선사한다. 사계절 중 특히 '봄'이 그렇다. '봄'이라는 예쁜 말은 그 이름만으로도 마음이 온순해지고 한없이 애교스럽기까지 하다. 4월이면 흐드러진 벚꽃을 보고자 많은 이들이 설렌다.

찬란한 봄 햇살을 받으며 오래도록 길거리에 서 있는 왕벚나무는 물결 흐르듯 가지를 늘어뜨리고 한 송이, 한 송이 정성스레 꽃을 피운다. 하늘을 가린 가지 사이로 쏟아지는 빛을 받으며 터뜨린 꽃망울은 누군들 사랑하지 않을 수 없게 만드는 마법을 부리는 것 같다. 봄의 잔치가 끝나는 날, 흩날리고 뿌려지며 바닥에서 밟히겠지만 여린 꽃잎들은 아랑곳하지 않는다.

짓밟힘을 두려워 않는 꽃잎처럼 한 철 가면 잊힐 것임을 알고, 너무 아픈 마음을 오래 담아 두지 말자.

나는 네이버 서비스 중 하나인 '오디오클립'이라는 음원 서비스를 운용하고 있다. 소리를 녹음하여 올리는 서비스인데 처음엔 내가 쓴 글을 녹음해서 올리는 정도였다. 이후에는 차차 다른 작가의 책이나 좋아하는 글을 올리게 되었다. 다른 사람의 글은 그 글의 분위기에 맞게 읽기만 하는데 내가 쓴 글을 읽고 녹음을 할 때는 보다 더 객관화된 시선을 갖게 되었다. 우선, 글을 고르는 선택부터 엄격해진다. 내가 좋아하는 글보다는 다른 사람들이 들어도 무방한 글이어야 하기 때문이다. 글을 고르고 나면 녹음을 하며 반복해서 읽는다. 내 글을 소리 내어 읽음으로써 자연스럽지 못한 부분을 발견함과 동시에 글에 맞는 목소리 톤을 정하게 된다. 밝은 내용의 글이 있는가 하면 어둡고 가라앉는 주제의 글도 있기 마련이다.

쓴 글을 다시 읽을 때는 목소리가 크든, 작든 상관없다. 문장의 길이에 따라 호흡을 끊고 리듬감 있게 읽어나가다 보면 어색한 부분을 쉽게 발견할 수 있다. 읽는 도중에 매끄럽지 못하고 뭔가 걸리는 느낌이 든다면 거듭 반복해서 읽으며 더 읽기 쉽도록 바꿔준다. 그 과정이 바로 매끄러운 문장이 되는

시간이다. 소리 내어 읽기는 자연스러운 문장 구사의 원천이
자 퇴고의 가장 좋은 방법이다.

☕ 글을 쓰고 나면 항상 소리 내어 읽어보세요.

메모지로 습관들이기

"모든 사람들에게 매일 수천 개의
글쓰기 아이디어가 지나간다. 좋은 작가들은
그 중에서 대여섯 개의 아이디어를 얻지만,
대부분의 사람들은 아무런 아이디어도 얻지 못한다."
– 오슨 스콧 카드

'퍼실리테이터'(Facilitator)라는 직업이 있다. 회의를 진행하면서 팀원들의 아이디어를 모으고 실천방안을 모색하며 실행에 옮기도록 도와주는 역할을 한다. 한 팀이 되어 일할 기회가 있어서 곁에서 살펴보니 퍼실리테이터는 팀원들의 아이디어와 의견, 기획 등을 낱낱이 기록하는데 그 방식이 포스트잇 활용이다.

포스트잇을 활용하는 방법은 헤시태그를 다는 것처럼 간략한 메모 형식의 쓰기이다. 먼저, 안건에 대한 각자의 생각을 포스트잇에 적도록 한다. 이어 자신을 소개하는 내용으로 다른 포스트잇에 적고 각자의 업무와 주제에 대한 전반적인 내용을 또 다른 포스트잇에 적는다. 포스트잇이 작기 때문에 처음엔 단어 위주로 적고 나중엔 구문으로, 문장으로 적어나간다. 다 적은 후엔 나가서 칠판에 하나씩 붙이며 설명을 한다. 참여자들이 발표까지 순조롭게 이어지도록 생각정리와 쓰기를 도와주는 방식이다.

포스트잇을 도구로 쓰는 이유는 글쓰기에 대한 막연한 부담감과 거부감을 줄여주기 때문이다. 종이 한 장, 공책 한 바닥에 새롭게 뭔가를 쓴다는 건 어떤 이들에겐 커다란 어려움으로 다가설 수 있다. 작은 포스트잇에 메모하듯, 끼적거리듯 적다 보면 쓰기에 대한 두려움을 털어내고 자유롭게 의견을 낼 수 있다.

손바닥보다 작은 포스트잇은 쓰기 습관을 붙이기에 재미있고 용이한 도구다. 하루에 한 장씩만 써도 한 달이면 많은 단어와 문장이 붙은 근사한 게시판이 되고 아이디어 뱅크가 된다. 글을 쓰기 위해 오랜 시간 공들여 앉아 있는 게 아니라 잠깐씩 낙서하듯 즐길 수 있다. 어느 때건 많은 시간을 허비해서 쓰는 게 아니라 재미있게 꾸준히 할 수 있으며 써놓은 자신의 글귀를 가져다가 긴 글을 구사할 때 요긴하게 쓸 수도 있다.

한 고등학교에 가서 김훈의 『남한산성』으로 사제동행 독서토론을 진행한 적이 있다. 오래전이었지만 그때도 포스트잇을 나눠주고 시작했다. 같은 책을 읽고 나오는 제각각의 생각과 명문장을 포스트잇에 적고 칠판에 붙은 조별 큰 종이에 옮기며 빈 칸을 채웠다. 함께한 선생님들과 학생들은 다양한 생각을 접하며 즐거워했다. 작은 메모지에 적은 의견과 생각들이 가지런하면서도 다채롭게 표현된 퍼즐 같았다. 포스트잇 활동과 발표 후엔 만화와 신문도 만들었다. 부담 없이 쓸 수 있도록 한 것, 누구나 발표할 수 있도록 하는 것이 목표였으며 충분히 이루어진 날이었다.

포스트잇에 쓰는 간단한 일도 누구나 할 수 있는 글쓰기다. 쉽고 간결하게 낙서하듯 적다 보면 글쓰기에 대한 두려움이 상당히 줄어든다.

☕ 집안 어딘가에 있을 포스트잇을 꺼내둡니다.

질보다 양을 먼저

> "때로는 쓰기 싫어도 계속 써야 한다.
> 그리고 때로는 형편없는 작품을 썼다고 생각했는데
> 결과는 좋은 작품이 되기도 한다."
> – 스티븐 킹

똑같은 질문을 한동안 연이어 받은 적이 있다.

"외부 일정이 많은데 책이 꾸준히 나오는 게 신기하다."

"부지런도 하지, 언제 쓰냐?"

책이 해마다 연달아 나오니 대단하다고들 하지만 그 원고는 이미 오래전에 작업을 마친 글들이다. 남들 보기엔 내가 개미처럼 부지런히 글을 쓰고 거기에 맞춰 책도 신속하게 나오는 것처럼 보일 테지만, 사실은 거의 다 느리게 쓰고 오래 걸려 나오는 책들이다. 하나를 빨리 쓰고 투고나 출판 계약까지 일사천리로 마무리 지으면 참 좋은데 실상은 전혀 그렇지 못하다. 일하랴, 살림하랴, 애들 챙기랴 세월이 훌쩍 지나기 일 쑤다. 시간이 나면 겨우 쓰는 일이 다였지, 출간을 목표로 해서 집중적으로 쓴 건 아니었다.

어떻게 책을 내야 하는지 잘 몰랐고 문학 작가로 등단하는 것엔 관심도 없었기에 단순히 일하며 책 읽고 뭔가 가슴속에 있는 것들을 토해내기 위해 쓸 뿐이었다. 그런데 어느새 일과가 되어 거의 매일 수행했다. 늦은 밤 오롯이 내 시간이 주어졌을 때라야 가능한 일이기도 했다. 그러다 나도 이제 정리를 좀 해야겠단 생각에 이르렀다. 내 책 한 권을 갖겠다는 생각을 한 적도 없는데 연습장에 쓰고 그린 것들과 한글 파일로 담아둔 것들이 자꾸자꾸 쌓여서였다.

나는 보기보다 굉장히 더딘 사람임을 너무도 잘 알고 있고 크게 바뀌지 않는다는 것도 알고 있다. 굳이 서두를 생각도 없다. 항상 오래 걸리는 타입이어서 늦고 늦되다. 그럼에도 진심을 다해 진실하게 쓰는 글이 새 옷을 입고 세상 밖으로 나온다는 건 참 신기하고 기적 같은 일이다.

방학 동안 한 지역의 교육청에서 선생님들 글쓰기 강의가 있었다. 책을 내려면 뭐가 제일 필요하냐는 질문을 받았다. 책을 출간해 보니 일단 주제에 따른 글의 분량이 확보가 되어야 한다는 걸 알았다. 질보다는 양이 먼저다.

내가 글을 쓰며 가장 잘한 것이 매일 쓰는 일상이었다. 처음부터 얼마를 써야겠다거나 뭔가를 하겠다는 목적의식 없이 그냥 쓰고 싶은 대로 썼다. 첫 시집을 낼 때는 400편 넘는 시에서 추렸고 첫 독서교재를 낼 때는 수없이 많고 많은 독서 노트와 활동지를 재검토하고 분류했다. 10년 가까이 쓴 연습장 열 권 분량의 에세이도 다시 다듬고 정리했다. 쌓여 있던 글은 시간이 흘러 출간에 이르렀다.

우선은 고르고 엄선할 만한 양이 쌓여야 한다. 그러려면 쓸 수밖에 없다. 양이 확보가 되면 그 다음엔 버릴 건 버리고 모을 건 모으며 수정과 보완을 거친다. 퇴고하는 동안 처음의 글이 점점 나아지고 달라지며 실력도 쌓인다. 밥 먹듯이 쓰면 쓰는 일을 즐기게 되고 어느덧 쓰는 사람이 되어간다. 한번에 이뤄지는 것은 없다.

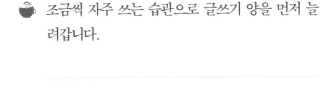 조금씩 자주 쓰는 습관으로 글쓰기 양을 먼저 늘려갑니다.

주말 백일장 여행

"글쓰기와 인생의 본질은 똑같다.
뭔가를 발견하는 항해라는 점에서 특히 그렇다."
— 헨리 밀러

가까이에 초등학교 남자 동창이 산다. 그 친구네는 주말이면 아이와 함께 백일장에 참여하곤 했다. 한번은 동네 근처에서 열린 백일장에서 친구의 아내가 입상을 했다. 그 이후로 친구네 가족의 주말 백일장 나들이는 한층 탄력이 붙었다. 주말이면 늦잠도 자고 쉬고 싶을 텐데 어쩌다가 가는 게 아니라 아주 부지런히 전국의 백일장을 찾아다녔다. 초등학생 딸과 아내가 글을 쓰는 동안 내 친구도 함께 뭐라도 쓰며 참여했다. 아이의 작문 공부삼아 시작한 백일장이 가족 모두의 취미가 되었다.

아이가 클 때까지 줄곧 그랬으니 시간이 갈수록 친구네 가족의 글쓰기 실력은 쌓여가고 백일장에서 상을 타는 일도 빈번해졌다. 상금으로 숙박과 관광을 하며 주말을 즐기는 이 흔치 않은 가족의 아이는 책을 아주 잘 읽었고, 글도 제법 쓰는지 '해리포터'를 쓴 조앤 롤링이 롤 모델이라고 했다. 친구의 아내는 몇 년 후 동화를 써서 상을 받아 동화작가가 되었다. 아이와 함께 꿈을 키우며 오랜 기간 백일장에서 다진 실력으로 꿈을 이룬 경우다.

아마도 작가가 되고자 하는 꿈이 처음부터 있었던 것은 아닐 거다. 여행 삼아 다른 지방에 가는 것, 주어진 시제에 맞춰 글을 쓰는 것, 상을 타게 되는 것 등은 설레는 마음이 가져다 준 부차적인 즐거움이다.

"가족 취미가 참 멋지다" 하고 칭찬했더니 친구는 사람들이 너무 많이 몰린 곳에서는 혹 상을 받지 않더라도 여행을 갔으니 다른 것들로 즐기면 그뿐이고, 경쟁률이 현저히 떨어지는 곳에서는 쉽게 수상할 수도 있었다고 싱긋 웃으며 대답했다. 일부러 맘먹고 창작 교실을 찾아다니며 글을 배운 사람들보다 훨씬 더 즐겁게 쓰기 공부를 한 셈이다. 아무리 잘 가르쳐줘도 잘 쓰기란 쉽지 않은 일인데 혼자서 차근차근 주어진 시제에 맞춰 다양한 글을 쓰던 훈련이 글쓰기의 최고 양분이 되었다. 어쨌든 쓰는 사람, 쓰는 가족이 되었다.

나도 메밀꽃축제에 갔다가 사람들에 밀려 걷는 중에 백일장 코너 앞을 지나게 된 적이 있다. 바로 원고지를 받아서 즉석에서 써서 냈는데 우수상을 받고 부상으로 메밀가루와 지역 특산품을 선물로 받았다. 우연히 갔다가 재미있는 경험을 했다. 요즘은 각 지역마다 축제를 하고 백일장 같은 행사도 많으니 혹 만난다면 한 번쯤 해보는 걸 추천한다. 써보니까 써지네? 라는 사람도 있고 잘 쓰진 못하더라도 여행지에서의 새로운 경험이자 추억이 된다.

☕ 입상 목적이 아니라도 백일장에 한번 참여해 보세요. 새로운 경험이 될 수 있습니다.

목표를 정하고 쓴다

"우리가 무슨 생각을 하느냐가
우리가 어떤 사람이 되는지를 결정한다."
– 오프라 윈프리

무슨 일이든 시작할 때 목표를 정하면 집중하는 힘이 커진다. 하고자 하는 일에서 목표는 기준이 되기도 한다. 글을 쓸 때도 목표를 정하면 동기부여가 될 뿐 아니라 한 편의 글을 마무리 짓기까지 연료가 되어 채찍질해 준다.

목표를 정하는 기준은 사람마다 다르겠지만 일반적으로 글쓰기에서는 다음과 같이 정할 수 있다.

– 매일 일정한 시간에 쓰기

– 매일 쓸 단어, 문장, 글자 수 정해놓기

– 매일 일정 시간만큼 쓰기

- 매일 한 바닥씩 쓰기 (분량)
- 언제까지 마치겠다는 날짜나 시간 정하기
- 읽을 대상을 정해서 쓰기 (친구, 자녀, 청소년, 성인 등)
- 무엇을 위해서 쓰는지 정하기 (기록, 성찰, 문집, 출간 등)

한국어 교육을 공부하고 외국인 학생들을 가르친 적이 있었는데 여러 종류의 사전들을 보다가 순우리말 사전을 탐독하게 되었다. 그동안 알고 있었던 말보다 모르는 말들이 상당히 많았다. 생소하긴 했지만 곱고 아름다운 말을 사전에만 두기에 아까웠다. 우리가 흔히 알고 있는 '시나브로'라든가 '터울', '아름드리', '윤슬' 같은 말 이외에 달달하고 부드럽다는 뜻의 '달보드레하다', 생김새나 행동이 귀여울 때 쓰는 '사랑옵다', 징검다리로 놓은 '다릿돌', 보조개를 나타내는 '볼우물' 등 예쁜 말들이 수도 없이 많았다. 그래서 하나의 말마다 이해하기 쉬운 상황으로 써서 동시를 지었다. 동시집을 엮을 생각(목적)에 분량을 채워갔고(목표) 순우리말을 하나씩 꿰어 가게(방법) 되었다. 한 권 분량이 될 때까지 매일 쓰는 게 목표였고 마침내 끝을 맺게 되었다.

글쓰기를 시작할 때 무리하지 않고 내가 할 수 있는 만큼의 목표를 세운다. 많은 분량을 쓰는 건 중요하지 않다. 매일 꾸준히 하노라면 어느새 만만치 않은 분량이 쌓인다. 내가 그 랬듯이 여러 권의 쌓인 연습장이 책으로 나오는 일은 누구에 게나 생길 수 있는 일이다. 꼭 출간을 하지 않더라도 글쓰기로 생긴 나만의 자료는 자산이 된다.

꾸준함을 이기는 것은 없다. 꾸준하게 행한 시간은 어떤 형태로든 결과를 가져온다. 어찌 되었든 쓰는 사람이 되려면 꾸준함을 제일로 삼고 꾸준함을 목표로 세운다. 어제 목표를 이루지 못했다면 다시 목표를 향해 오늘을 보내고, 목표를 이뤘다면 다시 또 다음으로 나아가면 되니 크게 어려운 일이 아니다. 글쓰기 자체가 목표가 되어도 좋겠다. 쓰는 사람이 되는 것이 바로 목표!

☕ 막연히 시작하는 것보다 적당한 목표를 세워 써보 세요.

딴짓하다 다시 쓰기

> "상상력엔 시간낭비가 필요하다.
> 길고 비효율적이며 즐거운 게으름, 꾸물거림, 어정거림."
>
> – 브렌다 유랜드

"작가님은 글 쓰다가 힘들면 어떻게 하세요?"

작가와의 만남 시간에 종종 받는 질문이다. 글을 쓸 때 힘들다는 건 먼저, 오랜 시간 앉아 있어서인 경우가 있겠고 잘 안 써져서일 수도 있겠다. 대체로 오래 앉아서 작업하다 보면 좀 쉬어야 할 때도 있다. 집안일을 하기도 하고 다른 일을 잠깐 하거나 일어나서 돌아다니기도 한다. 산책을 할 수도 있고 나가기 쉽지 않으면 실내에서라도 잠시 걷는다. 스트레칭도 하고 간식을 먹기도 한다. 핸드폰을 보거나 전화를 걸 수도 있고 어쩌다 게임을 하기도 한다.

게임에는 전혀 관심이 없었는데 우연히 보게 된 앱의 한 코너에서 눈길이 멈췄다. 고등학생 시절 오락실에서 주로 했었던 게임이었다. 주말이면 친구와 시립도서관에 가곤 했었는데 저녁에 버스를 타러 가는 길엔 오락실이 있었다. 주로 테트리스와 갤러그를 했다. 백 원짜리 동전 몇 개만 있으면 잠깐씩 놀다 갈 수 있던 시절이었다. 그때 많이 했던 갤러그를 포함해 게임 코너에는 총 네 가지 게임이 있었다. 계산을 끊임없이 해야 하는 두뇌게임도 있었지만 같은 색깔로 세 개 이상 정렬하면 구슬이 팡팡 터지며 점수가 올라가는 아주 단순하고 쾌감 넘치는 게임에 흠뻑 빠졌다. 그 뒤로 글을 쓰다가 졸리거나 지루할 때면 이따금씩 게임을 하곤 했다. 하루에 게임을 할 수 있는 적지 않은 횟수가 주어짐에도 금세 제한 시간과 기회가 소진되었다. 아쉽지만 하루를 더 기다려야 했다. 하지만 딱 그 정도라 좋았다. 게임중독에 빠지지 않고 적당히 스트레스를 풀면서 정신적 환기를 할 수 있는 시간이 되었다. 그런데 참 신기하게도 게임을 하는 동안 중요한 고민 지점의 해결 방안이 떠올랐다. 희한하게 한두 번이 아니었다. 머리를 식히고자 했는데 오히려 생각이 정리되는 것 아닌가!

글을 쓸 때도 운 좋게 팡팡 터지며 술술 잘 써질 때가 있다. 하지만 속도도 안 나고 생각도 안 떠오를 때는 기다려야 한다. 억지로 되는 건 아무것도 없다. 창밖을 멍하니 바라보기도 하고 밥도 먹고 통화도 하고 노래도 듣고 수다도 떨고 청소도 하고 게임도 한다. 글을 쓴다는 건 고도의 사고 활동이니 결코 쉬운 일이 아니다. 내가 쓰던 주제와 다른 분야라도 다양한 영역으로 자료를 찾고 수집하고 감상하는 것도 아주 훌륭한 자세다. 어디서 좋은 아이디어와 문장을 만날지 모른다. 그런 의미에서 글을 쓰다가 하는 '딴짓'은 글쓰기의 쉼이면서 연장이기도 하다. 포기하지 않고, 다시 이어가다 보면 마침내 마침표를 만나게 된다. 쓰는 사람은 마침표를 위해 갈 뿐이다.

 쉼표는 마침표로 가는 과정이기도 합니다.

반복의 힘

"무언가를 반복적으로 하면 그 무엇이 우리가 된다.
유능함이란 그러니까 행동이 아니라 습관이다."

– 아리스토텔레스

    우리는 무수한 '반복' 속에서 살아간다. 어제에 이은 반복된 삶에서 새로운 오늘이 펼쳐진다. 우리를 둘러싼 자연은 사계절을 반복하며 보여주고 시간은 반복해서 새로이 돌아간다. 아침에 해가 뜨고 저녁이면 해가 지고 달이 뜨는 것처럼 끊임없이 반복된다. 우리는 단순하고 물리적인 반복 속에서 새로운 것들을 창조해내고 어제와 다른 오늘을 살아가면서 많은 것들을 이뤄내고 있다. 새로움 속에는 무한대의 반복이 내재되어 있다.

    SNS 시대의 사람들은 반복하듯 매일 일상을 올린다. 똑같은 곳을 가거나, 새로운 곳을 가고, 사람들을 꾸준히 만난다. 인연이 반복되고 일이 반복되듯 돌아간다. 슬픔이, 행복이 반복된다. 우리가 사는 세상은 반복과 새로움의 연속 같아서 매일이 익숙하면서 새롭다. 우리 삶이 그러하기 때문이다.

글쓰기에서도 반복이 일상이다. 썼던 걸 이어가기 위해 써놓은 걸 다시 본다. 읽은 걸 또 읽는다. 글쓰기 실력을 늘리기 위해서 좋은 문장을 자꾸 만나야 하는 것도 반복에 의해 이뤄진다. 글쓰기에 있어서 좋은 문장이나 좋아하는 책을 반복해서 읽는 것만큼 좋은 훈련이 없기 때문이다.

공부할 때도 반복 학습과 복습이 중요하다. 복습은 예습보다 효과가 높다. 배운 것을 다시 보면서 반복한다. 나의 것으로 만들기 위함이다. 글쓰기에서도 복습이 필요하다. 알고 있지만 지켜야 할 원칙을 반복해서 지켜나가야 한다. 반복해서 읽고 반복해서 쓴다면 글쓰기가 습관이 되고 글을 쓰는 데 재미가 붙는다. 반복하면서 재미있다니, 얼마나 신통방통한 일인가.

반복은 태도의 문제다. 글쓰기에서 기본적으로 갖춰야 할 태도는 꾸준함이다. 무조건, 당연히 쓰는 일이 최선이다. 반복하듯 쓰고 또 써야 내가 쓰려고 했던 글을 매끄럽게 마칠 수 있다. 쫓기듯 압박하면서 써나가는 게 아니라 당연한 듯 쓴다.

똑같은 것을 쓰는 게 아니라 쓰는 자세, 쓰는 습관을 갖춘다는 의미다. 쓰던 글이나 썼던 글도 반복해서 읽고 이어 쓴다.

　　SNS에 매일 몇 줄의 글을 써 올리기, 일기를 풍경과 함께 올리기, 읽던 책을 거듭 찾아보며 새로운 글을 써나가기 등도 내가 하는 일이다. 나뿐만 아니라 많은 사람들이 하는 생활이며 문화이기도 하다. 쓰고 또 쓰고 다시 또 반복하다 보면 어느새 쓰는 삶이 되어 근사한 자신을 발견한다. "쓰는 열쇠는 빛난다."라는 영국속담도 있듯이 늘 뭔가를 하는 사람이 빛이 난다.

 반복적인 습관은 완성으로 가는 지름길입니다.

보이지 않는 것을 상상하세요

"이 세상 모든 일은 글쓰기로 판가름 난다."

– 최재천

관찰은 생각의 주머니를 열게 한다. 글을 쓰는 사람에게 꼭 필요한 것은 관찰하려는 자세와 들여다볼 줄 아는 눈이다. 잘 들여다보면 사물이나 현상을 주의 깊게 살피게 되어 보이지 않는 속성까지 볼 수 있다. 뭔가를 볼 때 자세히 들여다보며 관찰자의 자세를 가진다면 글을 쓸 때 내가 쓰고자 하는 바가 좀더 뚜렷하게 전달된다.

"우리가 보는 것들 이면에 보이지 않는 것들이 얼마나 많이 감추어져 있는가를 생각했다.

그리고 때로 그것은 보이지 않는다는 이유 때문에 얼마나 치
명적인가."

보이지 않기에 치명적이라니! 공지영의 『즐거운 나의 집』
에 나오는 문장이다. 모든 걸 다 알 수 없는 게 인생이듯 내가
아닌 다른 이의 삶이나 세상 모든 일들에 대해 제대로 알기란
쉬운 일이 아니다. 바로 눈앞에 보인다고 해서 다 아는 것도
아니다. 보이는 게 다가 아니기에 더욱 조심하고 진중해야 한
다. 어떤 현상을 마주했을 때 보이는 모습만으로 파악하는 게
아니라 안 보이는 부분들의 면면을 상상하고 유추해 보는 건
때론 극과 극의 장면을 가져온다. 아주 그럴듯하거나, 정반대
이거나.

똑같은 것을 바로 앞에 두고도 제대로 보지 않는 사람은
얼마 후엔 그 자리에 무엇이 있었는지조차 기억하지 못한다.
반면 잠시라도 돌아본 사람이라면 그 자리에 있었다는 것을
기억할 수도 있고 한참 들여다본 사람은 보이는 면을 통해 보
이지 않는 면들도 가늠한다.

길가에 핀 꽃 한 송이를 보고 꽃이 있었는지도 모르는 사
람과 어떤 꽃인 줄은 몰라도 꽃이 있었다는 사실을 아는 사람
과 꽃의 모양과 향기까지 기억하는 사람이 있다. 관심을 기울

이고 자세히 들여다본 사람만이 알 수 있는 사항들이다. 잠자는 아이의 얼굴을 바라보며 세상의 평화를 느끼듯, 바라봄으로써 느끼게 되는 것들이 있다. 평소와는 다른 사실이나 감정을 느낄 수 있다. 글을 쓸 때는 글로써 보이게 한다. 눈앞에 꽃이 있는 것처럼, 꽃의 향기가 전해지는 것처럼 쓴다. 구체적으로 잘 쓰려면 뭐든 자세히 들여다볼 수밖에 없다. 본 그대로, 느낌 그대로 온 감각을 동원해 쓴다.

구절초가 흐드러지게 핀 화성 동탄에 있는 만의사에 갔다가 박각시나방을 처음 보았다. 벌보다 커서 보자마자 눈길을 끌었다. 박각시나방은 색색의 백일홍을 옮겨 다니며 긴 대롱을 늘어뜨렸다. 꽃가루를 얻기 위해 바르르 떨며 애쓰는 모습이 인상적이어서 시로 옮겼다. 자세히 본 사람만이 가능한 일이다. 특이한 모습뿐만 아니라 작은 들꽃을 유심히 들여다보는 일도 내겐 비일비재하다. 물론 모두 글로 탄생 되는 건 아니지만 많은 부분 영감이 되어 표현된다.

잘 쓰려면 귀 기울이고 잘 들여다보아야 한다. "자세히 보아야 예쁘다,"고 한 것처럼 자세히 보아야 쓸 수 있다. 보이지 않기에 가려진 그 치명적인 것을 보기 위해. 글에서 보이지 않는 그 너머의 세계까지 가늠할 수 있도록 하는 글이 잘 쓴 글이다. "알면 사랑하고 사랑하면 표현한다"는 최재천 교수의 말처럼 알면 사랑하게 된다. 가만히 하나를 잘 들여다보는 시선에서 마음이 열린다. 어떤 형태로든 표현하거나 행동함으로써 우리를 더욱 거듭나게 한다.

> "염소의 울음소리는 꾸밈과 속임이 없어서 참 듣기 좋다. 아니, 어쩌면 울음소리가 아니고 웃음소리인지도 모른다. 아니, 웃음소리도 아니고 염소의 말인지도 모른다. 맞다, 염소의 처지에선 '음매에에-'하는 것이 무언가 자기네들끼리 주고받는 말인지도 모른다. 하지만 우리 사람들은 짐승들이 내는 소린 모두 운다고 생각해 버린다."
>
> - 박상률의 『봄바람』 중 34쪽.

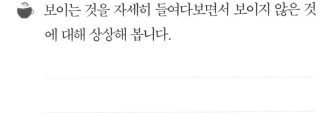 보이는 것을 자세히 들여다보면서 보이지 않은 것에 대해 상상해 봅니다.

달팽이의 마음으로

"우연이란 존재하지 않는다. 만약 누군가
간절하게 원했던 것을 찾게 된다면 그건 우연이 아니다.
자신의 열망과 필요가 그리로 이끈 것이다."

– 헤르만 헤세

글쓰기란 마음이 하는 일이다. 누가 시켜서 하는 게 아니라 본인의 마음이 자꾸 이끌기 때문이다. 베스트셀러 작가가 되려고 글쓰기를 시작하는 사람은 드물다. 책을 출간했다면 당연히 많이 팔리면 좋겠다는 바람을 갖겠지만 처음의 시작은 단순하다. 막연하고 아무 대책 없이 그냥 쓰고 싶어서 하는 일이다. 하고 싶다는데 누가 말릴 일인가. 돈이 드는 것도 아니고 자신의 의지만 필요로 한다. 글쓰기에 매달릴 수 있다면 좋겠지만 매달리지 않고 틈나는 대로, 여유롭게 써나가도 그 자체로 좋다. 욕심내지 않고 한 발자국씩 내딛는 데 의의가 있다. 쓰다 보면 숨은 재능을 발견할지도 모를 일이다.

처음은 낙서하듯, 일기 쓰듯 시작한다. 뚜렷하게 쓰고자 하는 바가 정해졌다면 매일 글쓰기 시간을 확보하고 꾸준히 쓴다. 매일 정해진 분량을 목표로 삼고 쓸 수도 있지만 가급적 쓸 수 있을 때 쓴다. 가능할 때, 쓰기 편한 시간에 쓰고 싶은 만큼 쓰는 게 가장 좋은 방법이다. 시작은 단순하지만 그 다음부터는 밀고 나가는 힘이 필요하다.

나는 미리 계획해서 실행하는 게 어렵다. 거의 계획하지 않고 그때그때 중요한 일을 최우선으로 집중하는 편이고, 뭐든 할 수 있는 만큼 내 능력 안에서 최선을 다한다. 계획성 있고 치밀하게 짜인 대로 움직이진 못하나 한 가지를 끈기 있게 하거나 꾸준히 하는 편이기도 하다. 때때로 어찌할 수 없을 정도로 힘들 때도 있다. 그럴 때는 일단 멈춘다. 한 발짝 뒤로 가서 마음을 가다듬고 찬찬히 하던 일을 바라본다. 이따금 자발적 고독, 혼자의 시간이 필요하다. 스스로 다른 잡다한 환경에서 고립되어 고독해질 수 있어야 한다.

나는 느긋한 성격이라 뭐든 빨리 못하고 가만히 한참을 내버려 두다가 어슬렁거리며 시작한다. 그래서 다른 사람들보다 대대적으로 느리다. 성격이 확고하고 빠른 행동파라면 하려는 일들을 아주 빠르게 처리하고 다음으로 넘어가겠지만

나는 전혀 그렇지 못하다. 그렇다고 속도감 때문에 자책하거나 후회한 적은 없다. 오히려 아무것도 안 하는 것처럼 더딘데도 불구하고 시간이 흐르면 뭔가 이뤄낸 것처럼 책이 나왔다는 게 신기할 따름이다. 그냥 내가 하던 걸 계속 지속할 뿐이었는데 말이다.

"달팽이가 바다를 건넌다."라는 말이 있다. 어마무시하게 느린 아주 작은 달팽이가 이동하는 시간을 상상해 보는 사람이 있을까. 가끔 나는 달팽이의 시간을 생각하곤 한다. 어떤 이에게는 답답하게 보일지 모르지만 그 시간이 달팽이에겐 최선이었음을 생각해 본다. 그 느린 시간 속에서 결코 가만히 있지만 않는 부지런함을 본다. 그건 나의 삶과도 닮았다.

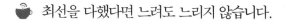 최선을 다했다면 느려도 느리지 않습니다.

단어 부자가 되자

> "글이 풀리지 않을 때 나는 단어들을 유혹해 보려고
> 두 가지를 시도한다. 한 가지는 좋아하는 책을
> 몇 쪽 읽는 것이고, 다른 한 가지는 세상을 지켜보는 것이다"
>
> – 차마 만다 응고지 아다치에

글쓰기에 익숙해지려면 단어와 친해져야 한다. 비단 단어뿐만 아니라 형용사나 부사 등 적재적소에 사용할 말들을 많이 알수록 글쓰기에 유리하다. 글을 막힘없이 유창하게 쓸 수 없더라도 원하는 내용을 적절하게 담아내려면 어휘 활용이 중요할 수밖에 없다. 글쓰기는 어휘와의 전쟁이라고 할 만큼 어휘량이 중요하지만 알고 있는 말들을 최대한 잘 이용해서 조리 있게 쓴다. 아이들에게 늘 하는 말처럼 책을 많이 읽은 사람이 어휘력이 좋은 건 당연하다. 아는 말이 많아서 활용을 잘 하는 사람이 글을 쓸 때 덜 힘들다.

글을 쓸 때는 한 문장을 쓰더라도 고심하며 쓴다. 일필휘지로 휘날리듯 쓰윽 한 번에 쓰면 좋겠지만 대부분의 글은 뚝딱 완성되지 않는다. 한 문장씩 정갈하게 다듬어져 탄생한다. 힘들고 어렵게 공부해서 쉽게 가르치는 선생님처럼 되도록 더욱 더 쉽게 써야 한다. 한 문장을 쓰더라도 맥락에 맞는 단어와 어휘인지, 정확한 표현인지 확인하면서 검열한다. 적합한 단어나 어휘를 찾기 위해 사전에서 찾아보고 떠오르는 여러 말들로 바꿔가며 대입해 본다. 문맥에 맞는 올바른 문장이 되기 위해 더 알맞은 말은 없는지 고려하면서 생각이 나지 않으면 여러 책들을 찾아본다.

평상시에 단어를 사용하는 활동을 자주 하면 어휘력 향상뿐만 아니라 이야기로 확장할 수도 있다. 단어를 활용해 말놀이를 하고 말한 것을 그대로 글로 쓴다. 말놀이는 언어유희로서 두뇌회전에도 좋은 놀이며 삼행시나 끝나는 말을 이어서 시작하는 말꼬리 잇기처럼 여러 형태가 있다.

한번은 "세상에서 가장 슬픈 별은?"이라는 넌센스 퀴즈를 듣게 되었다. 정답이 무엇일까? 정답은 내게 깨달음처럼 다가와 즉시 느낌표가 새겨졌다. 이 말이 주는 이미지를 살려 바로 글을 지었다. 글자 수에 맞춰서 이행시 형식을 이어보니 한 편의 시가 되었다.

세상에서 가장 슬픈 별

이 별에선 이젠 못 본대.
별별 짓 다해도 그럴 수 없대.

이제는 내 눈 속에
별처럼 박혀 버렸어.

이런 마음이 오래도록
별이 된대.

이 세상에서 가장 슬픈
별, 너와의 이별

　　　　　　　　　　- 청소년 시집 『너에게 하고픈 말』에 수록

　아이들과 글쓰기 수업 시에 기본적으로 많이 하는 것이
단어를 넣은 짧은 글쓰기다. 짧은 글쓰기는 성인에게도 유용
한 방법이다. 알고 있는 단어나 어휘도 다시 그 뜻을 확인하
고 문장에 적절하게 잘 사용하기 위함이다. '이별'이란 단어로
시 한 편을 지은 건 한 줄의 넌센스 퀴즈에서부터였다. 한 편

의 글이 단어에서 출발했다. 넌센스 퀴즈 외에도 끝말잇기, 다른 사물에 빗대어 표현하는 수수께끼 등으로 말놀이를 즐길 수 있다. 부자가 되려면 돈을 모아야 하듯, 글을 잘 쓰려면 단어를 모아야 한다. 단어와 놀기를 즐기는 단어 부자가 되자.

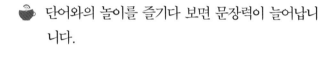 단어와의 놀이를 즐기다 보면 문장력이 늘어납니다.

시처럼 쓰기

> "시 한 편을 직접 써보는 것만큼 좋은 공부도 없죠.
> 좋은 시든 그렇지 못한 시든 중요한 것은 썼다는
> 사실이에요. 시간을 투자하고 집중하고 감성이 무뎌지지
> 않도록 훈련해야 합니다. 여기저기 떠도는 헛소리에
> 귀 기울이지 말고 꾸준히 연마해야 해요"
>
> – 안도현

세상에는 아름다운 것들이 참 많다. 다행히 아름답고 예쁜 것들을 예찬한 노래가 있고 들으면 기분이 좋아진다. 노래는 우리 마음을 끌어당기는 힘이 있다. 글의 종류 중 노래에 가까운 장르가 시이다. 시는 노래라고 하듯 그대로 노래로 불리는 경우도 더러 있다. 시가 나타내지 못할 것은 아무것도 없다.

시집을 읽다 보면 빨리 넘어가는 경우가 있고 한 편, 한 편 읽는 게 더딘 시집도 있다. 내게 맞는 시집, 시, 시인을 찾는 시간이 필요하다. '내게 맞다'는 건 내 취향을 찾는 일과도 같

다. 어떤 것이든 내게 잘 맞아야 지속 가능하다. 읽기든 쓰기든. 시의 세계에서는 좋은 시, 나쁜 시가 있는 것이 아니라 내게 와 닿는 시, 그렇지 않은 시가 있을 뿐이다. 한 권의 시집을 읽어서 한 편이라도 내게 와 닿는 시를 발견했다면 그 시집 읽기는 성공이다. 좋은 시를 읽게 되었을 때 오는 깨달음과 평온함, 나직한 깊이는 처한 상황에 따라 다를 수 있다. 좋은 시는 사람마다 다르게 여겨질 수 있지만 시가 가진 고유한 빛깔은 시인이 살아온 빛깔과 닮았다.

도서관에서 열 권이 넘는 시집을 골라 한 자리에 앉아 주구장창 읽어나간 적이 있다. 저마다 다른 성격의 시집이었다. 어떤 것은 지겨웠고 어떤 것은 가슴에 콱 와 닿았다. 나에게 맞는, 나를 닮은 시를 읽으며 원래 나였던 모습을 되찾은 기분이었다. 시는 하면 할수록 더 어렵다는 공부처럼 알면 알수록 산 같다고 느낀다. 깊이를 알 수 없는 심해처럼. 그래서 더 매력적인 장르기도 하다. 무엇보다 짧은 길이가 주는 특성 안에 감동과 깨달음이 있어서 더 끌린다.

서로의 자리를 조금씩 내어주며

따스하게 번지다

스며드는 일

– 「사랑」 전문

어제의 말들과 오늘의 사건들로

세상이 시끄럽다

좋은 것보다 나쁜 것들이 많은 것처럼

말이 무성하다

길가에는 며칠 전까지 보지 못했던

노란 민들레 한 송이 저 혼자 피었다

빗줄기와 바람에 몸 씻고 말리며

저 혼자 피었다

가장 낮은 곳에서

햇빛 오롯이 받으며 환하게 피었다

세상 보란 듯이

세상 다 잊은 듯이

– 「민들레」 전문

위의 시들은 나의 시집 『푸른 잎 그늘』과 『아름다워서 슬픈 말들』에 수록된 시인데 어려운 말이 없다. 독백처럼, 일기처럼, 말하듯이 썼다. 행을 바꾸지 않는다면 산문이라 할 수도 있겠다. 실제로 산문을 운문으로, 운문을 산문으로 바꾸는 연습도 할 수 있다. 긴 글은 연과 행으로 구분하는 방법을 취해 문장을 조금씩 수정하면 운문이 된다. 반대로, 운문은 행으로 나눠진 부분들을 줄 바꿈 없이 자연스럽게 한 문장으로 연결되게 수정하면서 함축을 풀어 쓰면 산문이 된다. 긴 글을 쓰기 어렵다면 시처럼 짧게 써본다. 읽을 때의 호흡을 염두에 두어 너무 길지 않은 문장으로 여운을 주는 글을 쓸 수도 있다. 시처럼 써보면 운율을 갖추는 글의 짜임새를 익히게 된다. 시처럼 쓰기만 했는데도 잘 읽히는 문장 쓰기 연습을 한 셈이다.

 긴 글을 쓰기보다는 시처럼 문장을 써보세요.

그림으로 이야기 짓기

"이야기는 완결된 행위다.
행위의 목표는 완결되어야 한다."
– 유리 슐레비츠

"그림을 보며 이야기를 상상해 볼까요?"

데이비드 위즈너의 『시간상자』나 『이상한 화요일』을 펼치며 하는 말이다. 그림만으로 이야기를 전달하는 글자 없는 그림책이기 때문이다. 그러면 아이들은 그림 안에 숨어 있는 요소들을 유심히 들여다보며 상상의 날개를 펼친다.

"개구리 행성에서 연못 우주선으로 날아온 개구리예요."

"거대 개구리가 연못에서 나왔어요. 집집마다 개구리알을 낳으러 가요!"

"마을의 집은 사실 모두 개구리가 사는 집이었어요."

"물고기 눈으로 누군가 보고 있어요."

"바닷가에서 탐험을 할 것 같아요."

그림을 보며 시작된 말은 이어진 그림과 함께 꼬리를 달고 어디론가 향한다. 끝까지 넘겨서 그림을 한번 다 본 후 다시 제일 앞장으로 넘어와 이야기를 다시 상상해 보게 한다. 모든 글은 사실에 상상이 가미되면 더 재미있는 글이 된다. 혼자서 이야기를 짓기 어려운 사람이라면 글자 없는 그림책이나 일반 그림책을 이용해 이야기를 지어보는 것도 좋은 방법이다.

그림책은 그림만으로도 서사를 잇는다. 좋은 그림책은 글과 그림이 조화를 잘 이루는 책이지만 이젠 기준이 달라졌다. 아예 글자가 하나도 없이 그림만으로 책을 만들기도 한다.

이야기책은 살아오며 접한 것들을 글자로 상상할 수 있게 들려주는 반면 그림책이라는 장르는 그림이라는 이미지로 전달한다. 최근 그림책을 좋아하는 성인들이 많아지다 보니 꼭 어린이에게만 시선과 문체가 맞춰지지 않고 오히려 어른들의 시각에 맞춰 나오는 그림책들도 많아졌다. 집에 그림책을 볼 아이가 없는데도 그림에 반해서 책을 사게 되는 경우도 종종 있다.

그림책이라는 장르는 그림으로 메시지를 전하지만 모든

책들이 그러하듯 이야기에서 출발한다. 이야기가 있어야 그림도 전개될 수 있다. 그림으로만 채워진 책에서도 이야기가 다 담겨 있기 때문에 작가가 의도한 대로 읽을 수도 있고, 독자가 다르게 또는 다양하게 읽을 수도 있다. 어떤 책이든 서사가 기본이자 중심이기에 그림을 보며 이야기를 상상해 본다. 그림에서 오는 느낌을 자신만의 해석을 통해 주제로 잡아본다. 이미지가 제공되니 혼자서 글을 상상하고 확장해 보는 데 효과적이다.

작가가 되길 꿈꾸는 청소년들에게 글쓰기 지도를 할 때 그림 한 컷만으로 이야기를 지어보라고 종종 권한다. 배경과 인물이 들어간 그림이면 더 좋다. 계절이나 시간을 알 수 있는 배경에 인물의 상황을 글로 써보도록 한다. 한 컷의 그림만으로도 다양한 이야기가 펼쳐진다.

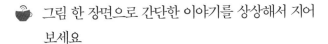 그림 한 장면으로 간단한 이야기를 상상해서 지어 보세요

처음의 마음으로 이어달리기

"인간의 삶이란
자기 자신에게 도달해가는 여정이다."
– 유리 슐레비츠

좋은 일을 하거나 중요한 일을 이루기 위해서는 세 가지 마음이 필요하다고 한다. 첫째는 초심, 둘째는 열심, 그리고 셋째는 뒷심이다. 그 중에서도 제일 중요한 마음이 초심이다. 그 이유는 초심 속에 열심과 뒷심이 담겨 있기 때문이다.

나는 대체로 뭔가를 할 때 그 일을 계속 이어서 하지 않으면 금세 잊고 다른 일에 빠지는 경우가 많다. 글을 쓸 때도 쓰던 원고가 있는데 완결하지 못하고 도중에 다른 급한 일을 처리하다 보면 그 원고는 어느 순간 우주로 떠돌게 된다. 한 번 시작한 일을 끝맺지 못하고 한눈을 팔면 다시 원고 쓰기로 돌아가려고 할 때 엔진을 가동시키는 데 다시 시간이 한참 걸린다. 그래서 원고 쓰는 일뿐 아니라 다른 일들도 한 번 하려고 했을 때 웬만하면 바로 해야 뭐든 잊지 않고 완수할 수 있다.

처음의 마음으로 꾸준히 이어가는 일은 쉽지 않다. 도중에 다른 중요한 일이 생기기도 하고 멀리 이동해야 할 경우도 생긴다. 글쓰기는 되도록 한 자리에서 쓰거나 계속 쓸 수 있는 여건이 마련되어야 한다. 시간과 공간이 확보되지 않는다면 어려운 일이다.

나는 주로 낮에는 도서관에서, 밤에는 집에서 작업한다. 다른 일이 있을 때를 제외하고는 거의 도서관에 가는 편이다. 한번 가면 오래도록 머무르며 천천히 쓴다. 카페보다 도서관에 자주 가는 이유는 주변에 자료가 풍부하기 때문이고 아무래도 카페보다 신경이 분산되지 않고 집중이 잘 되며 마음이 평온해지기 때문이다. 마치 내 집처럼 익숙하고 편안하며 마음이 안정되어 문 닫는 시간을 없앴으면 좋겠다는 생각까지 든다. 하지만 문 닫는 시간이 정해져 있기 때문에 긴장감도 잃지 않는다. 도서관과 집을 오가며, 때론 카페나 집을 오가며 끊고 다시 시작할 때마다 처음의 마음이 된다. 늘 어제의 분량과 오늘의 분량을 체크하고 방향을 다시 되짚는다.

베스트셀러를 쓴 작가들도 대부분 한 자리에서 꾸준히 쓴다. 쓰는 사람들은 거의 집에서 일정 시간 이상을 투자해 쓰는 일을 중요하게 여긴다. 작가가 아니더라도 쓰는 게 생활이 되었거나 좋아하는 사람은 어디서든 쓸 수 있다. 언젠가부터 쓰는 사람들에게 커피숍이 작업실이 된 경우가 많다. 자기 계발서를 보면 매일 아침 스타벅스에 앉아 글을 쓰는 걸 꿈꾸거나 실행하는 사람의 이야기가 자주 보인다. 글을 쓰는 삶이 성공한 삶이라 단정지을 순 없지만 많은 이들에게 꿈꾸는 삶이 된 듯하다. 매일 일정한 시간을 할애하며 쓰고자 하는 원동력이 이어진다면, 처음 글쓰는 사람이 되고자 했던 마음을 잃지 않는다면, 누구나 나아갈 수 있다.

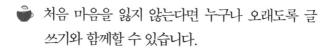 처음 마음을 잃지 않는다면 누구나 오래도록 글쓰기와 함께할 수 있습니다.